나는 해녀이다

나는 해녀이다

김태웅 희곡

알렙

바닷가 파도는 너의 이름을 지우고

모래사장을 걸어 나오는 발자국처럼

삶은 계속되리

— Seachild

—제주 구좌읍 하도리 해녀합창단

* 「나는 해녀이다」는 하도리 해녀합창단 공연에서 받은 감동과 영감에서 나온 작품이다.

차례

배경

때: 현대

곳: 곳곳

등장인물

현미자

서유이

고명순

서상식

강덕이

강용석

방 선생: 합창단 지휘자

이승원: 유이의 남자친구

서심방

해녀들

경찰들

누팜: 네팔에서 온 노동자

김성수: 유이의 외삼촌

따따이: 베트남에서 제주로 시집 온 여자

고영철: 웃음치료사

그 외

1막

1장. 인형탈 알바

유이와 승원, 인형탈 알바를 하고 있다.

춤도 추고 전단지도 나눠준다.

2장. 면회

교도소, 면회실.

유이, 아버지인 서상식과 면회하고 있다. 화상 흉터를 가리려고 마스크를 쓰고 있다. 서상식은 아내와 아내의 정부를 죽이고 살인죄로 무기징역을 살고 있다. 유이가 중학생이 되는 해에 살인 사건이 일어났다.

유이 알바해. 인형탈 알바.

서상식 고등학교 졸업장은 있어야지.

유이 대학도 안 갈 건데 뭐.

서상식 미안하다. (사이) 아주 나온 거야?

유이 외갓집 얘기는 꺼내지도 마.

서상식 친할머니가 살아 있었으면 좋았을 텐데…….

유이 자주 못 와서 미안해. (사이) 췌장암이라며?

서상식 어차피 여기서 썩는 거보다 일찍 죽는 게 낫지.

유이 보석금이 얼마야?

서상식 나 치료받을 생각도 없으니 쓸데없는 짓 하지 마.

유이 (화상으로 인한 피부 이식, 성형, 흉터 제거 수술비를 4회에 걸쳐 지불하겠다는 합의각서를 보여주며) 이거 확실한 거지?

서상식 안 돼. 그건 니 수술비야. 니 엄만 합의금하고 위자료로 한몫에 받고 싶어했지만 내가 반대했다. 돈 있으면 일단 쓰고 보는 게 니 엄마였으니까. 내일이면 지구가 망할 것처럼 쓰고 쓰고. (사이) 그 돈은 니 인생이 달린 돈이야. 미련한 생각 하지 마.

유이 어차피 한두 번 수술해서 될 일도 아니고, 수술해도 보기 흉한 건 마찬가지야. 그냥 가리고 숨기고 살래.

서상식 너 지금 몇 살이지?

유이 열아홉 살.

서상식 합의서에 보면 열아홉 살 넘어서 한 차례 더 수술비 지급한다고 되어 있을 거야. 꼭 필요할 때, 의사 선생님 말 잘 듣고…… 꼭 필요할 때 수술해 알았지? 지금보다 더 좋아질 수 있었는데. 난 도대체가 이해가 안 된다. 어떻게 딸 수술비를 가지고 코를 세우고 와. 생각나? 너 초등학교 입학식. 망사 스타킹에 미니스커트 입고, 하이힐 신고. 사람들이 니 엄마만 쳐다봤잖아. 니 엄마 별명이 택시 미터기였던 건 알지? 얼마나 사람을 만나고 다녔으면 일 년도 안 돼 10만 킬로를 찍어. 너의 엄마는 날 그렇게 만나는 사람 중 하나 정도로 생각했던 것 같아. 남편이 아니라. 그래서 딴놈이랑 놀아났나? 난 이해가 안 돼.

유이 그래서 죽였어? (사이) 아직도 엄마가 미워? 어쩌면 엄마가 원했던 건 사랑이 아니라 사람들이 자기를 주목해 주는 거였을지도 몰라. 자기를 봐주기를, 관심 가져주길 바란 거지. 좋아요, 멋져요라는 말을 하루라도 안 들으면 살 수 없는 여자.

서상식 나 죽어 지옥에 가서도 니 엄마 저주할 거다.

유이 아빠는 그래서 삼류야. 새 여자 만날 절호의 기회를 그렇게 망치냐? 하여간 아빠도 멍청해. 딴 여자랑 보란 듯이 살지. 하여간 사람은 살고 봐야 한다니까.

서상식 살아 봐야 감옥이야. 너, 좀 이기적으로 살아. 나처럼 삼류 싸구려로 살지 말고.

유이 난 삼류도 못 돼. 지금. (사이) 아빠, 나 잘하는 것도 없고 앞으로 어떻게 살지? 계속 알바만 하면서 살 수는 없잖아.

서상식 너, 노래 잘하잖아.

유이 그걸로 어떻게 먹고 살아?

서상식 (사이) 참 너 잘하는 거 있다.

유이 뭐?

서상식 귀지 파는 거. 니가 귀지 파주면 뭐랄까 하늘을 나는 것처럼 나른한 기분. 천국에 가 있는 기분. 왜 귀지 파다가 보면 찌꺼기 남아서 움직일 때마다 안에서 달그락거리잖아. 나 그 소리 들릴 때마다 속으로 그랬다, '이건 내 딸이 만든 음악이다. 이건 내 딸이 나한테 들려주는 노래다…….' (사이) 미안하다. 유이야. 아빠가 미안해. 유이야, 세상에 필요없는 것은 없다. 나 같은 아빠만 빼고…….

유이, 아버지를 위로하는 노래를 한다.
노래 끝나자 면회실 가림막에 Bach라고 쓰는 상식.

서상식 유이야. 이제부터 유이 아빠는 바하다. 음악의 아버지!

유이 아빠는 이 상황에서 농담이 나와?

3장. 애월 낙조

6개월 뒤. 노을녘. 제주 애월 바닷가.

유이, 아버지의 유언대로 아버지의 유골을 바다에 산개하고 있다.

승원이 유이 옆에 있다.

조금 떨어진 곳에서 방 선생이 「애월」이라는 노래를 부른다.

아버지의 유언이 소리로 들린다.

서상식의 유언, 가수의 노래, 유이의 말이 3중주처럼 노을 속에 물든다.

서상식	(소리) 딸, 나 죽으면 화장해서 제주도 애월 바닷가에 뿌려줘라. 이왕이면 노을이 멋질 때. 니 엄마랑 인연이 꼬여 이렇게 가지만, 돌아보면 그 인연이 만든 멋진 풍경도 있었던 것 같다. 너랑 니 엄마랑 제주 여행했을 때 많이 생각난다. 아빠 없어도 절대 울지 말고 씩씩하게 잘 살아야 돼. 유이야, 절망이 세상에서 가장 큰 죄다. 살인죄보다 더. 그리고 꼭 현미자 씨 찾아가. 수술비 받아서 꼭 수술해라. (사이) 죽으면 니 노래 듣고 싶어서

어떻게 하지? 가끔 애월에 와서 아빠한테 노래 들려줄 수 있지? 딸, 사랑한다.

가수 어느 날 찌든 슬픔에 헐어빠진 가슴으로 찾아간 애월
노을진 애월 바다는 내게 말했지 울지 말고 위대해져라
그래도 힘이 들거든 내게로 와 울어도 돼
내가 너의 눈물을 닦아줄게
그렇게 그렇게
바다는 쉬지 않고 슬픔을 빨래하고 있었지
그렇게 그렇게
노을은 붉은 슬픔을 말리고 있었지 애월

유이 (바람에 날리는 유골을 보며) 아빠 열나 센 척하더니 고작 이거야?
바하는 음악이라도 남겼지. 아빠는 뭐야?
뭐, 흉터뿐인 나를 남겼다고? 자랑이다.
아빠, 잘 가. 우리 다음 생엔 잘 살아보자.

유이, 운다.

승원, 유이를 안아준다.

붉은 노을 속 이들의 풍경이 그림 같다.

4장. 각서 대 각서

봄. 바닷가. 해물뚝배기 집.

멀리 밥그릇을 엎어 놓은 것 같은 오름이 보인다.

손님들의 소원을 적은 쪽지와 지폐들이 가게 벽 곳곳에 붙어 있다.

유이와 승원, 해물뚝배기를 시켜서 먹고 있다.

승원은 화염상 모반이다. 유이는 화상 입은 왼쪽 얼굴 부분을 머리카락으로 가리고 있다.

승원 (쪽지를 읽으며) '너와 나 2+1, 임신 축하해.' '쌀랑해.' '추억 안고 돌아갑니다.' '부자 되세요.' (사이) 여기 붙어 있는 돈만 해도 몇백은 되겠다. 사람들 돈 있으면 나나 주지, 이 뭐하는 짓이야? 정신없게……. (사이) 유이야 우리도 하나 붙일까?

유이 (고개를 숙이고 밥을 먹고 있을 뿐) …….

승원 (쪽지에다 소원을 적어 이마에 붙이며) 가즈아 대박! 아줌마 저 돈, 가게 폐업하면 아줌마가 가져요?

현미자 게믄 벌 받아마씨. 어디 기부할 거우다. 저거 언제부턴가 손님들이 저치루 돌탑 쌓고 가게 안에다 자기들 소원 적엉 붙여놨주게. (사이) 다 먹었수꽈? 7시 마감이우다.

승원 사장님 돈 많으신가 보다. 이렇게 일찍 문 닫는 거 보니.

현미자 돈은…… 손님이 없으니까 닫지.

승원 아줌마, 여기 하루 매출이 어느 정도 돼요?

현미자 무사 그런 걸 물어밤수과?

승원 그냥 좀 궁금해서. 나도 제주도에다 가게나 하나 차릴까 생각 중이라서요. (사이) 아줌마, 혹시 우리 보기 싫어서 빨리 문 닫는 거 아니죠?

현미자 내일 물질도 나가야 하고. 다 먹었시믄 일어났으면 햄수다.

유이 아줌마, 저 모르겠어요?

현미자	누게?
승원	아줌마, 십오 년 전 일 생각 안 나요?
유이	오빠는 빠져 있어. 이건 내 일이야.
승원	그러니까 내가 도와야지. 우리가 남이냐?
유이	(화상 흉터를 보여주며) 저 정말 모르겠어요? 십오 년 전. 나 네 살 때 아줌마가 해물뚝배기 나한테 쏟았잖아요.
현미자	경핸? 게난 어떵 하랜?
승원	그래서라뇨? 한 사람 인생 망쳐놓고 미안하지도 않아요?
현미자	그게 왜 다 내 잘못이야? 애 간수 못한 부모들 잘못도 있는 거지.
승원	그러니까 잘못을 인정하는 거네.
유이	오빠, 좀! 오빠는 좀 나가 있어. 내가 알아서 한다고 .
현미자	애가 그렇게 돌아다니는데도 부모란 것들은 둘이 앉아 히히덕거리기나 하고. 아직도 그 웃음소리 기억 나. 지 자식이 넘어지든 말든 발에 차이든 말든 낄낄대면서 거울만 보던 니 어멍, 니 어멍을 내가 어떻게 잊어? (큰

소리로) 그리고 왜 하필, 왜 하필 니가 거기에 있어?

승원 (나가려다가) 아 깜짝이야. 이 아줌마 일 내겠네. 아줌마가 조심했어야지. 애가 뭘 알아요?

고명순, 가게 안쪽에 있는 방문을 열고 나온다.

현미자 미안행 나는 내 할 바 다 했어. 이제 왕 나 보고 어떵 허랜? 나도 너처럼 찌개 뒤집어 써? 내가 아주 죽을까?

유이 죽기는 왜 죽어요. 줄 돈이 있는데. (합의서를 보여주며) 이거 맞죠? 아줌마 도장.

(합의서 읽으며) 을은 서유이가 성인이 된 이후 소요되는 피부 이식, 성형, 흉터 제거 등 화상 치료에 소요되는 비용을 갑에게(김성미/서상식) 지불한다. 갑은 이를 최종 비용으로 간주, 더 이상의 비용을 을에게 청구하지 않는다. (수술 견적서를 보여주며) 여기 수술 견적서예요. 2000만 원.

고명순 무사 2000만 원?

현미자	어머니는 들어가 계세요. 나가 해결허쿠다. 난 줄 돈 다 줬어.
유이	나 열아홉 살이에요.
현미자	그래서?
유이	성인이요. 성인! 아줌마가 돈을 줘야 하는 나이!
고명순	쟈이 누게?
현미자	예전에 찌개 엎어서…….
고명순	……가이가 정 컨?
현미자	니 어멍이 말 안 핸?
유이	뭘요?
현미자	돈 받았다고.
유이	돈을 받긴 무슨 돈을 받아요. 우리 엄마 나 중 1 때 죽었는데.
현미자	…….
유이	속일 생각 하지 말고요. 돈 줄 거예요? 안 줄 거예요?
현미자	협박하니 지금? 돈을 줘도 니 부모한테 주지, 왜 너한테 줘?
유이	엄마가 없으니까. 아버지도 죽었으니까요.

승원 (유이가 들고 있던 합의 각서 가져다 들이밀며) 여기 쓰여 있잖아요 합의 각서에. 그리고 도장도 꽝 찍혀 있잖아요. 왜 이제 와서 사기를 치려고 합니까? 고소합니다, 진짜. 경찰 불러요? 진짜.

현미자 사기? 좋아, 경찰 부르자. 경찰.

미자, 방에 들어가 김성미가 써준 확인 각서를 들고 나온다.

유이에게 각서를 준다.

현미자 봐! 이게 니 어멍한테 돈 주고 받은 확인서야.

유이, 각서를 읽는다.

현미자 6년 전에 니 어멍이 찾아왕 돈 좀 미리 줄 수 없냐고 물어빵, 나가 지금은 곤란하다고 핸. 경 말하난 니 어멍이 미리 주민 반만 받겠다고. 니 어멍이 경 고르난 나가 돈 빌려다 줬주게. 그건 그때 니 어멍한테 받은 확인서라.

승원 (확인서를 가져가 읽는다) 아 진짜! 아줌마 이거

위조 아니야?

현미자　(확인서를 가져가서) 보라. 여기. 공증 받은 거.

승원　아 진짜! 짬뽕 난다. 짬뽕 나!

유이　엄마 왜 그랬어? 왜 다 엄마 맘대로야 왜? 정말 엄마답다. 정말 엄마다워!

현미자　이제 됐지? 확인 다 했으면 가라. 가게 마무리해야 되니까.

유이　못 가. 나 못 가. 다 준 건 아니잖아. 반밖에 안 줬잖아.

현미자　나가라게. 빨리 나가라게.

승원　뭐야 이게? 진짜. 비행기 값만 날렸잖아. 그렇지 뭐 우리가. (유이를 데리고 가려고 하며) 가자. 너나 나나 부모 복은 지지리도 없다, 진짜. (잡아끌며) 가자. 쪽팔리니까 가자구. 됐다구. 내가, 오빠가 돈 벌어서 수술시켜 줄 테니까 가자구.

유이　못 가. 돈 받기 전에 못 가. 그 돈 내 유산이야. 나 못 가.

현미자　경찰 부르기 전에 빨리 가라게.

유이　못 가. 반밖에 안 줬잖아. 나 못 가.

유이, 벽에 붙어 있는 돈을 마구 떼어낸다.

유이　　나 못 가. 나 못 가.

승원　　야, 정신차려.

현미자　　뭐라? 그 돈은 건드리지 마라. 미쳤구나. 돌았어. (전화 걸며) 저기 경찰이죠?

유이, 갑자기 옷을 벗기 시작한다. 거의 알몸이 되는 유이. 드러나는 화상 흉터.

유이　　그 돈이 어떤 돈인데……. 그 돈, 내 얼굴이야. 그 돈, 내 인생이야. 내가 어떻게 살았는데. 죄도 안 지었는데 왜 내가 숨어 살아야 돼? 내가 무슨 잘못을 했는데 사람들 눈치를 봐야 하냐구? 병신 같은 년이! 야, 마스크, 야 아수라 백작, 아 존나 재주 없는 년! 꼴 보기 싫으니까 꺼져! 꺼져! (알몸이 돼서) 봐! 보라구! 누가 누가 나를 이렇게 만들었냐구? 누가?

승원　　야 뭐 해?

승원이 옷을 입혀 주려고 하지만, 유이 뿌리친다.

유이, 바닥에 누워 몸부림친다.

유이 　　　봐. 봐. 그때 그냥 나를 죽이지 그랬어. 이게 뭐야? 이게 뭐냐구? 나 여기서 죽을래. 이렇게 못 살아, 나 죽을래.

미자, 미안한지 전화 걸다가 멈춘다.

명순, 이들의 실랑이를 지켜보다 방에 들어가서 현금이 든 가방을 들고 나온다.

고명순 　　　(돈 가방을 유이에게 주며) 2000만 원이다. 이거 받고 어서 옷 입으라.

명순, 가방을 유이 옆에 두고 옷을 챙겨 유이의 몸을 가려준다.

현미자 　　　어머니, 안 그래도 돼요. 어머니 그 돈 그렇게 쓰면 안 돼요.

고명순 　　　(단호하게) 아무 말 허지 말라.

유이 　　　(가방을 끌어안고 울며) 아빠!

승원 아 진짜!

5장. 결혼 파티

밤, 호텔 객실.

유이와 승원은 하얀 목욕 가운을 입고 있다.

수술비를 받은 기념으로 파티를 하고 있다.

승원 유이야, 너 돈 너무 막 쓰는 거 아니야? 그거 니 수술비야. 수술 안 할 거야? 너 이 호텔 일박에 50만 원인 거 알지?

유이 아 몰라. 그냥 일단 몇백 쓸래. 나 이 술 진짜 먹고 싶었는데. 발베니!

승원 야, 그냥 소주나 마시면 되지. 너 너무 오바 때리는 거 아니야? 야, 그리고 너는 술 좀 줄여라.

유이 오빠, 나 술 아니었으면 벌써 죽었어. 이거 약이야 약! 오빠, 자꾸 초칠래? 오늘은 기분 좀 내자. 안 마실래? 같이 마시자.

승원 돈은 여기 금고에다 둘게. 비밀번호는 오늘 날짜로 한다. 돈은 내일 은행 열면 바로 입금하자.

유이 (창문을 열며) 와, 이 냄새. 귤꽃 냄새 맞지? 죽인다. 가끔 이런 냄새 맡으면 태어나길 잘했다는 생각이 든다, 난. 세상이 막 저주스럽다가도 이런 냄새 맡으면 눈물이 날 만큼 좋아. 아 천국의 냄새! (사이) 오빠, 제주도에서 하고 싶은 거 없어? 온 김에 신나게 놀다 가자.

승원 나. 글쎄? 드라이브하면서 귤꽃 냄새나 실컷 맡을까?

유이 좋다 그거. 내일 외제차로 다시 렌트하자. 이왕이면 오픈카로.

승원 그럴까? 벤츠 한 번 타?

유이 콜! 난 말이야. 오빠 이리로 와봐. (낮에 바닷가에서 찍은 동영상 보여주며) 이 언니들 진짜 잘 놀지? 나도 이 언니들처럼 바닷가에서 춤추고 싶단 말이야.

승원 추면 되지.

승원, 음악 틀어 주면 유이가 춤을 춘다.

승원이 유이의 춤을 따라 춘다.

유이, 춤을 추다 숨이 찬지 테이블로 가서 앉는다.

유이 (술을 마시며) 오빠도 한잔 해.

승원 (잔을 받으며) 야, 천천히 마셔.

유이 오빠, 고마워.

승원 뭐가?

유이 나 정말 막막했거든.

승원 바닥끼리 서로 도와야지.

유이 와, 아빠도 죽고 나 인제 즌짜, 완전 고아네. 나 오빠 아니었으면 정말 나쁜 길로 빠졌을 거야. 나 나쁜 애들 진짜 많이 만났거든…… 나도 가끔 내가 이렇게 착하게 살고 있는 게 참 신기하단 말이야. 그게 다 누구 덕?

승원 …….

유이 오빠 덕. 대학로에서 오빠가 인형 탈 쓰고 춤 추고 있는 거 봤을 때 딱 내 일이란 생각이 들더라. 그래서 내가 오빠 막 따라다닌 거란 말이야.

승원 그래 이 진드기야. 물린 내가 바보지. (사이) 근데 너 엄마 닮았니? 아빠 닮았니?

유이 뭐? 외모?

승원 아니 성격.

유이 성격은 아빠 닮았어. 생긴 건 엄마 닮고. 우리 엄마가 잘생기긴 했었지. 내가 말 안 했나, 우리 엄마 노래 엄청 잘한 거.

승원 아니.

유이 우리 엄마 다른 건 몰라도, 노래 하나는 아즌짜 짱! 개 잘했어.

승원 그건 엄마 닮았네.

유이 오빠, 그 말 알아? 사람은 재주 때문에 죽고 호랑이는 가죽 때문에 죽는다.

승원 (사이) 근데, 아까 너 돈 받아낼 때 보니까 아주 존재감 쩔더라. 울트라 깝숑! (엄지척하며) 존 멋!

유이 뭐가? 성깔?

승원 아니.

유이 몸매?

승원 아니. 연기.

유이 오빠 그거 연기 아니거든요. 살려고 똥을 싼 거지.

승원 농담이고. 야 아까 나도 눈물 참느라고 죽는 줄 알았어. 넌 뭔가 사람을 건드리는 이상한 재주가 있다니까.

유이 그러니까 오빠가 내 손에서 벗어나질 못하지. 크크. 내가 화상만 안 입었어도 스타 배우 됐을 텐데.

승원 아니야, 너는 가수가 더 어울려. 말 나온 김에 술 한잔하고 밑에 있는 노래방 갈까? 난 너랑 노래방 갈 때가 제일 좋더라.

유이 아니, 오늘은 오빠랑 할 일이 있어.

승원 뭔 일?

유이 오빠, 돈 가방 좀 가지고 와봐.

승원, 돈 가방을 가지고 온다.

유이 오빠 내 소원이 뭔지 알어? 돈 세다 자는 거. 오늘 그거 한 번 해보자. (돈을 세며) 그 아줌마 생각 나? 작년 여름에 우리 춤추는 것 구경하던 아줌마. 5만원짜리 몇 개로 이렇게 부채 만들어 가지고 부채질 하던 거? (돈 부채질 하며) 이렇게…… 졸라 재수없지? 근데 지금 생각해 보면 쪽팔린 게, 그때 내가 그 아줌마를 부러워했다는 거야.

승원 너 수술하고 나서 나 버릴 거지?

유이 말이야? 방구야?

승원 그냥, 불안해. 뭔가가 불안해. 뭔가 니가 잘되면 나 같은 거 쳐다볼 거 같지도 않고.

유이 땍! 이 오빠야 걱정을 마세요. 내가 제일 싫어하는 게 배신이야. 내가 제일 싫어하는 인간들이 의리 없는 인간들이라고. 거지같이 빌붙어 얻어 처먹다가, 쓸모없고 지들 불리하면 뒤에서 칼 꽂는 인간들. 신세를 지고도 갚을 줄 모르는 인간들. 남의 배려를 이용해 먹는 버러지 같은 것들. 나 그런 인간들 증오해. 아주 젓갈을 담가 먹고 싶다고, 그런 인간들.

승원 (박수치며) 안심. 200프로 안심. 근데 약간 뜨시다.

유이 잘해. 오빠도 배신하면 젓갈 알지? (사이) 오빠, 우리 결혼하자.

승원 뭐? 너 이제 열아홉 살이야.

유이 어때? 나도 이제 성인이야. 그냥 오늘 우리끼리 결혼하자.

승원 오늘? 여기서?

유이 어때?

승원 그건 좀.

유이 어차피 결혼한다고 해도 올 사람도 없잖아. 우리끼리 하면 되는 거 아니야? 그리고 이렇게 돈도 있잖아.

승원 그냥 살자. 새삼스럽게 무슨 결혼이냐?

유이 싫어? 오빠 나 안 좋아해?

승원 그게 아니라. 이건 좋아하고 아니고의 문제가 아니야. 책임과 약속의 문제라고. 아 몰라. 뭔가가 졸라 부담돼.

유이 내가 잘할게. 오빠 나 못 믿어?

승원 아니 그게 아니라 내가 준비가 안 된 거 같아서…….

유이 너무 어렵게 생각하지 마.

승원	그렇게 간단히 생각하지 마. 니 말은, 혼인신고도 하고 애도 낳자는 거잖아.
유이	응, 오빠, 난 가족이 필요해.
승원	뭐 가족? 넌 가족이 좋냐? 난 지긋지긋하다. 인간 죄악의 50프로 이상이 가족 때문에 생기는 거야.
유이	오빠 나 사랑하지 않는구나.
승원	야, 얘기가 왜 또 그리로 가. (사이) 난…….
유이	알아, 오빠 맘. 오빠, 나 생활력 강한 거 알지? 돈 때문에 그러는 거면 걱정하지 마.
승원	아 진짜 이거 고민되는데. (사이) 그래, 하자.
유이	제주 온 김에 결혼도 하고 신혼여행도 하고. 멋지게 인생샷도 건지고, 콜?
승원	아, 콜! 내가 즌짜 너 때문에 미친다. 미쳐. 즌짜, 즌짜!

유이, 결혼행진곡을 틀어놓고 객실에 있던 꽃을 머리에 꽂아 장식을 한다. 입에는 빨간 립스틱을 바른다. 둘은 하얀 가운을 입고 약식으로 결혼식을 한다.

유이 오빠, 그동안 보살펴 줘서 고마워. 오빠한테 진 빚 평생 사랑으로 갚을게. 앞으로도 서로 아껴주고 믿어주고 열심히 일하면서 행복하게 살자. 오빠, 사랑해.

승원 아버지 말처럼 힘들어도 절망하지 말고, 남들이 우리 생긴 거 가지고 뭐라고 그래도 흔들리지 말고 절대 웃음 잃지 말자. 스마일. 유이야 사랑해.

유이 (건배하며) 이것으로 두 사람은 부부가 되었습니다. 오빠, 이제 나한테 여보라고 해봐!

승원 여- 여- 보!

유이 아 닭살! 와 진짜 오그라든다.

둘은 웃는다.

승원 여보, 축가 좀 불러줘.

유이 알았어. 여뽕!

유이, 노래한다.

노래하다, 둘은 입맞춤한다.

6장.

호텔. 객실. 아침.

눈을 뜬 유이는 승원이 없는 것을 발견한다.

금고가 열려 있다. 테이블 위에 만 원짜리 몇 개만 남아 있다.

유이, 승원에게 전화를 해보지만 받지 않는다.

"지금은 전화를 받을 수 없으니……."

유이 개새끼! 개새끼!

유이, 돈을 구겨 집어던졌다 다시 줍는다.

7장.

바닷가.

외국인 노동자 누팜은 바다에 몸을 던진 유이를 건져낸다. 인공호흡하고 있다.

반응이 없자, 119에 신고한다.

사람들, 동영상 촬영하고 있다.

유이 (소리만) 멍했어요. 오빠를 찾아야 한다는 생각밖에 없었어요. 짐을 챙겨 호텔을 나왔어요. 공항으로 가는 버스를 탔는데, 앞자리에 애기 엄마로 보이는 여자가 여자아이를 등에 업은 채 앉아 있었어요. 아기가 자꾸 뒤로 고개를 돌려 나를 봤어요. 사시였어요. 아이가 자꾸 고개를 뒤로 돌리는 게 이상한지 아이 엄마도 고개를 돌려 뒤를 봤어요. 사시였어요. 열린 차창으로 귤 냄새가 밀려오는데 눈물이 막 쏟아지더라고요. 버스에서 내려 무작정 바다로 갔어요.

누팜 (몸을 흔들며) 안녕하세요? 안녕하세요? 안녕하세요? Are you OK?

사람들 죽은 거 아니야? 어떻게 해? 뭐야, 징그러워.

반응이 없는 유이. 119가 온다.

119에 실려 가는 유이. 누팜이 보호자로 동행한다.

8장. 병원

다음날. 병실.

의식이 돌아온 유이, 입을 닫고 있다.

경찰, 자살 미수 사건을 조사한다. 목격자로 누팜이 같이 한다.

경찰	Where are you from?
누팜	Hevean. Sorry my joke. I am from Nefal. It is a great Miracle. She comes to be alive.
경찰	You are a saver. You are a great cosmopolitan. 아 영어 하려고 하니까 머리에서 쥐난다. 한국어 못해요?
누팜	조금.
경찰	어떻게 how 발견 어 find?
누팜	사장님 담배 심부름으로 마트 가고 있었는데, 저 여자 분이 바다로 뛰어내렸어요. 내가 좀 이상해서 계속 보고 있었거든요
경찰	(몸을 써가며) who 으 back 으 push 으 or throw?
누팜	No.

경찰	Really?
누팜	네.
현미자	(들어오며 유이를 발견하고) 내가 왜 니 보호자야? 야, 내가 니 보호자야?
유이	…….
현미자	(경찰한테) 내가 자기 보호자래요?
경찰	신원 확인해야 하는데 소지품이 하나도 없어서…… 너 보호자 없으면 병원에서 나갈 수 없어, 하니까. 미자네라고. 해물뚝배기 집 미자네라고만 해서 전화 드리게 된 겁니다.
현미자	친척이 있을 거 아니마씨?
경찰	말을 안 해서…….
현미자	야, 너 너희 부모는 죽어서 그렇다고 쳐도 친척들은 있을 거 아니?

유이, 말이 없다.

의사, 들어온다.

의사	(유이의 상태를 살펴보며) 조금만 늦었어도 위험할 뻔했어요. 폐에 물이 조금 찼는데, 조치해

놨으니까 조금 지나면 괜찮아질 겁니다. 며칠 더 지켜봐야 할 거 같은데 큰 문제는 없을 거 같네요. 이만 하길 천만다행입니다. 어머니세요?

현미자 어멍 아니마씨.

의사 그럼 할머니?

현미자 뭐라?

의사 그럼? 여긴 어떻게…….

현미자 그러니까. 참 나. 뭐라고 해야 되나? 좀 복잡해요.

의사 어떻게 되시는 분인지는 모르겠는데. (경찰에게) 환자 보호자 분 좀 빨리 찾아주세요.

경찰 네.

의사, 나간다.

누팜 (전화 받으며) 네, 사장님, 갑니다.

누팜, 인사하고 병실을 나가려 한다.

경찰 혹시 모르니까 전화번화. Handphon number 나한테 Give please.

누팜, 경찰에게 전화번호를 준다.

누팜 (유이에게) 죽으면 안 돼요. What a wonderful world! Take care of yourself. Can I go?

경찰 Of course.

누팜 안녕하세요. 안녕하세요.

경찰 고생했어요. (엄지척하며) You are a good guy.

누팜, 나간다.

현미자 돈 받아가시믄 잘살아지 무사 죽잰 해? 같이 왔던 놈이 돈만 가지고 날란?

유이, 자학한다.

사람들, 유이를 뜯어 말린다.

유이의 손을 병상에 묶는다.

현미자　　참 가지가지 햄져이. (사이) 나 바빠브난. 어떵 하민 되마씨?

경찰　　어떤 사이죠?.

현미자　　그러니까 그게 십오 년 전에 자이가 어멍이랑 아방이랑 같이 우리 가게에 와신디…….

9장. 웃음치료

병실.

병실 텔레비전에서는 젊은 해녀 이야기가 방영되고 있다.

옆 병상 환자 보호자가 유이에게 과일을 가져다준다.

보호자　　이거 좀 먹어. 괜찮아? (사이, 한숨) 나도, 몇 번 죽으려고 그랬어. 우리 아들놈이 위험하다고 그렇게 말리는데도 친구들하고 어울려 오토바이를 그렇게 타더라고……. 근데 고3 때 철이 들었는지 공부한다고, 오토바이 판다고 오토바이 끌고 나갔다가…… 팔러 가는 길에 사고로 죽었어……. 남 얘기 같지 않아서 하는 말인데, 이게 죽는다고 해결될 문제가 아니더라고. 그리고 사람들이 말은 안 해서 그렇지, 알고 보면 다 나만큼 힘들게 살더라고. 힘내. 파이팅!

유이 해녀들 돈 많이 벌어요?

보호자 천차만별이지 뭐. 적게는 2000만 원에서 많게는 4000만 원. 어떤 사람은 일 년에 5000 이상 벌기도 하고. 그리고 해녀는 늙어서도 할 수 있잖아. 평생 직장이야. 팔십 넘은 해녀도 많아. 참, 육지에 사는 딸 불러다가 해녀 시키는 해녀 어멍도 있다고 하더라고. 얼마 전까지만 해도 해녀라면 다들 천대했는데, 세상 많이 변했어.

유이 해녀 하려면 수영 잘해야 되나요?

보호자 잠수를 잘해야지. 왜 해녀 하게?

유이 아니 그냥요.

보호자 제주에서는 물질하는 걸, 저승서 벌어 이승서 먹는 일이라고 그래. 물질하다 죽는 사람도 있고. 경해도 먹고 사는 데는 물질만 한 것도 없지, 제주에서. 부자 해녀들도 많아.

웃음치료사가 병실에 들어온다.

치료사 박수 세 번. 박수 네 번. 웃으면? (사이) 복이 온다! 웃으면? (사이) 암도 낫는다. 안녕하세요. 웃음치료사 고영철입니다. 아프시죠? 힘드시죠? 오늘 여러분의 아픔을 웃음으로 날려보도록 하겠습니다. 치매 걸린 우리 할아버지가 어느 날 저를 보고 그러시는 거예요. "내가 나이를 먹어서 그런지 사람 이름을 자꾸 까먹어. 니 이름이 뭐냐? 영철아."

사람들이 웃는다.

치료사 사람은 죽으면 뭘 남기죠? 네. 이름. 호랑이는 죽으면 뭐를 남기죠? 네. 가죽. 그럼 광대는 죽으면 뭐를 남길까요? 뭐라구요? 네, 광대뼈! (사이, 후드티 모자를 쓰고) 자 노래 갑니다. 고영철 고! 영철 고! 박수박수고! 우리 아프지만 살아가고, 넘어져도 일어서고, 일어서면 넘어가고, 아가들은 태어나고 아이들은 자라나고, 힘들지만 살아가고, 님을 만나 사랑하고, 다치고, 병들고, 아리고, 쓰리고 독박 써도 웃음 한 번 크게 웃고 렛스고! 넘어지면 일어서고 일어서면 넘어가고 고고고!

사람들 웃는다.

유이도 간간히 웃는다.

10장.

가게, 오후.

유이, 가게 청소며 설거지 등을 하고 있다.

가게 테이블에 앉아 마늘을 까고 있는 명순.

미자는 물질하고 가게로 들어온다. 테왁[1]을 내려놓다가 주방에서 설

1 해녀가 물질할 때, 가슴에 받쳐 몸이 뜨게 하는 공 모양의 기구.

거지 하는 유이를 발견하고 는 어이없어 하는 미자.

현미자　　누게? 어머니는 무사 자이를 가게에 들염수 꽈?

고명순　　니 오면 할 말 있다고 두 시간 전에 와서 정 허멍 있어.

현미자　　뭔 말? 야, 이리 나와. 나오라게.

미자, 유이를 주방에서 끌어낸다.

현미자　　가. 가라. 가라게. 너 나한테 왜 그래? 나 너 한테 할 만큼 했쪄. 없는 돈에 니 병원비도 내가 내고. 보호자 하라고 해서 내가 니 보호 자까지 해줬잖아. 뭘 더 바랭 여길 기어들어 와? 가. 가라게.

유이　　(사이, 울먹이며) 가고 싶은데 나도 가고 싶은 데, 갈 데가 없어요.

현미자　　갈 데가 무사 어서? 니네 엄마 아빠 고아였 어? 아니잖아. 그럼 누구라도 있을 거 아니야?

유이　　(마스크를 벗으며) 누가 저같이 생긴 애를 좋아

해요. 외삼촌들이 일 시키고 돈도 안 주고 나 보고 웬수래요. 그리고 막 때려요. 나만 생기지 않았어도 우리 엄마가 결혼도 안 하고 죽지도 않았을 거래요. 내가 우리 엄마 인생 망쳤대요.

현미자 경 행 나한테 온 거? 내 인생 망치려고? 내 코가 석자여. 나 보고 어떵 하라고? 그리고 너 보민 속에서 불이 올라와. 제발 내 앞에서 꺼지라이.

유이 저 외삼촌 가게에서 설거지만 오 년 했어요. 저 설거지 잘해요.

현미자 누가, 너 보고 여기서 설거지 하래?

유이 빚진 건 갚아야 하잖아요.

현미자 됐쪄. 안 갚아도 되니까, 그냥 가!

유이 (빌며) 부탁할게요. 정말 갈 데가 없어서 그래요. 여기서 알바 할게요. 뭐든 시켜주세요. 밥하고 잠만 재워주세요.

현미자 알바를 왜 여기서 해?

명순, 성게미역국을 주방에서 들고 나온다.

현미자	어머니!
고명순	보낼 때 보내더라도 밥은 먹영 보내야지. 설거지 혼자 다 해신디…… 이리 왕 먹으라.
현미자	어머니 이러시면 안 돼요.
고명순	몇 살이라고 그래지?
유이	열아홉이요.
고명순	4·3 났을 때 나가 열여덟이여신가? 군인들이 우리 어멍 아방 몬딱 바당에 던져버렸을 때 자이처럼 나도 혼자였던 거라. 그때 제일 참기 힘든 게 뭔지 알암시냐? 배고픈 거. 밥은 먹어야지. 6·25 터지고 군인들이 예비검속한다고 나를 잡아갔어. 큰 창고에 사람들 모당 가뒀주게. 하루는 군인들이 처녀들만 모아놓고 홀랑 벗고 뛰라고 하는 거. 뜀박질하면 풀어준다고. 경 홀랑 벗고 뛰었지. 살고 봐야 했으니까. 근데 뜀박질 하고 오니까 지들끼리 웃으면서 수고했다고 빵을 던져주더라고. 미친 듯이 먹었지. 알몸으로. 저 아이 보니까 자꾸 예전의 나를 보는 거 닮아. 혼자 사는 게 어떤 건지 민호 어멍은 모를 거라.

현미자　　(데려다 테이블에 앉히며) 야, 너 밥만 먹고 가라. 이게 끝이다.

고명순　　천천히 먹으라. 먹고 나랑 갈 때가 이서.

현미자　　어디 가게요?

고명순　　갔다왕 말해 주크라.

현미자　　어머니! 이상한 생각 하지 마세요. 자이 들이면 내가 나가요.

고명순　　이 집 내 집이기도 하다이.

현미자　　어머니!

11장. 점

서 심방네 집.

서 심방, 점을 본다.

하얀 고양이가 한구석에 앉아 있다.

서 심방은 특이하게 노래 점을 본다.

노래라기보다 구음에 가깝다.

노래를 흥얼거리다가 뭔가가 보이면 말을 한다.

고명순	어떵 같아 살아도 되겠수까?
서 심방	복덩이우다. 근데 한 명이 아니라 두 명인데…… 아니 두 명이었다 한 명이었다, 또 두 명이었다 해마씨…….
고명순	무사?

12장. 막간극 영감놀이/막푸다시

바닷가 불턱.[2] 밤.

서 심방이 수심방이 되어 영감놀이를 한다.

유이에게 붙어 있는 영감(도깨비)를 불러내 먹이고 놀려 보내는 놀이다. 종이 가면을 쓰고 횃불을 들고 나오는 영감들, 먹고 마시고 놀다 유이에게 붙어 있는 막내 영감을 데리고 간다.

서 심방, 유이의 몸에 돗자리를 둘러놓고 막푸다시(잡귀 쫓는 제사)를 한다.

막푸다시가 끝나면 제물을 실은 짚배(짚으로 만든 배)를 들고 바닷가로 간다. 징을 치며 사설을 하며 짚배를 멀리 띄워 보낸다.

---

2 해녀들이 물질하고 난 후 불을 피워 몸을 녹일 수 있게 하는 바람막이 시설.

2막

1장. 해녀 탈의실

해녀들, 물질하고 나와서 담소를 나누고 있다.

송명희 스웨덴에서 공연 끝나고 궁전 구경 가신디 막 비가 오는 거라. 게난 다 나가고, 우리만 이성 우리들 우비 벗어 가지고 나비처럼 춤 췄주게. (일어나서) 영, 영.

사람들, 웃는다.

이진숙 우리 해녀 합창단이 노래로는 국가대표라.

우리 노래 끝나난 코쟁이들이 영 일어나 박수천 난 눈물이 다 나블고. 살다 보니 별일을 다 겪었주게.

강영란 스웨덴 영사가 공연 끝나고 눈물 터져 막 울고, 내년에 또 초청하겠다고 하면서 또 막 울었주게. 영사가 우는디도 우리는 막 좋아 끌어 안고 껑충껑충했주게.

현미자 그만하라게. 맨날 지겹지도 않아? 양놈들한테 경 잘 보이고 싶어시냐?

이진숙 미자 너 부러워서 그러지?

현미자 뭐가 부럽냐? 너 없을 때 물질해서 돈 많이 벌어신디.

이진숙 부럽잖아? 너 외국 한 번도 못 가봤잖이.

현미자 그만해라.

사이.

이이녀 가게에 들인 가이는 일 잘해?

현미자 손이 엄청 빨랑 나도 놀랜. 지 외삼촌네 갈비집에서 설거지만 오 년 넘게 했다는데. 요망

지게 일을 잘햄싱게. 시키지도 않았는데 화장실 청소도 얼마나 깨끗하게 하는지 몰라.

고현옥 기특허네. 니 시어멍 이야기 들어보니 불쌍한 아이던데, 다 니 업보라 바당처럼 품어야지. 잘해 주라게. 몬딱 머정 좋은 거라 생각하라이.

현미자 무사 잘해 줍니까? 다 지 복으로 사는 거지.

고부심 가이 별명이 이효리라.

최순연 무사 이효리?

고부심 미자야, 니가 고라보라.

현미자 됐다게.

고부심 말해 보라.

현미자 (사이) 며칠 전에 손님 완 유이가 마스크 쓰고 음식 나르고 있는데, 우리 유이 보고 이효리 아니냐고 허멍 막 싸인 좀 해달라는 거라. 그래서 가이 별명이 이효리. 이효리 제주 산다고 하난 연예인들은 다 마스크 쓰고 경허난 이효리인 줄 안 거라.

해녀들, 웃는다.

따따이 (립스틱 꺼내 바르며 영란에게) 이거 고마워요. 잘 바를게요.

고부심 (영란에게) 내 선물은 안 사완?

강영란 무사 내가 형님 선물을 사옵니까?

현미자 야 치사하다. 부심아, 내가 더 좋은 거 사줄게.

고부심 기?

최순연 이거, 물에 들어가도 안 지워지고 좋수다게.

고부심 고만해라. 호박에다 줄 긋는다고 수박 되지 않는다이.

최순연 형님!

고부심 (강영란에게) 너네 아방이 어떵 4·3 피해자랜? 너네 아방 4·3 때 경찰질 한 거 동네서 다 아는데, 부끄럽지도 않아?

강영란 형님, 무슨 말을 경 햄수꽈? 다 심사해서 된 건데 뭐가 문제마씨?

이이녀 그만해라.

고부심 왜 내가 틀린 말 했수꽈? 너 그렇게 살지 말라.

강영란 형님이 뭘 안다고 우리 아방 이야기를 햄수꽈?

고현옥 어이!

강영란, 짐 챙겨 간다.

고부심 노래도 못하는 게 어촌계장 백으로 들어가브난 내가 속이 상해서 그러는 거우다.

고현옥 너는 모를개라. 영란이 아방 때문에 여러 명 산 거. 너무 뭐라 말라이.

따따이 우리도 먼저 갈게요. (짐을 챙기며 고현옥에게) 어머니 가시죠.

따따이, 시어머니인 고현옥을 모시고 나간다.

송명희 누구는 좋겠네. 데리러 오는 서방도 있고. 아이고게 나는 밤이 너무 외로워. (립스틱 꺼내 들고) 내일이면 잊으리 다 잊으리 립스틱 짙게 바르고. 사랑이란 길지가 않더라 영원하지도 않더라.

이이녀 (화제를 바꾸며) 나 이제 합창단 나와야 돼.

현미자 무사?

이이녀 일흔다섯 살까지만 한다는 합창단 규정이

이서브난.

현미자 아이고게 형님이 벌써 일흔다섯 살이 넘었수까. 형님 아직 잘도 고운데.

이이녀 두 명이라, 일흔다섯 넘는 단원이. 게난 새로 두 명을 더 뽑아야 되는 거라.

현미자 기우까?

최순연 무사? 들어가게요?

이진숙 노래를 잘해야 들어가지. 아무나 들어가크라?

최순연 노래 한 곡 해봅서.

현미자 됐다게.

고부심 해보라게.

송명희 그래 해보라. 내가 부른 노래.

해녀들, 잔뜩 기대한다.

뜸들이다 노래하는 미자. 음치다. 해녀들, 웃는다.

송명희 물질은 상군인데 노래는 영 똥군 닮아.

해녀들, 웃는다.

2장. 소녀와 할망

밤.

명순과 유이는 방을 같이 쓰고 있다.

명순과 유이는 같은 잠옷 차림이다.

명순, 유이 흉터에 마유를 발라주고 있다.

고명순	(바르며) 이 몰기름이 좋다고 허난 나가 구해 왔으니 꾸준히 바르라이. 몰엉덩이처럼 맨질맨질해지게. (사이) 가게 일은 안 힘들어?
유이	할 만해요. (사이) 할머니는 물질 몇 년 했어요?
고명순	시집 왕 했으니까 오십 년 넘었주게. 이젠 늙어 못해. 천초 딸 때나 물에 들어가지. 너 준 돈도 천초 따서 번 돈이라.
유이	할머니 고마워요.
고명순	무사? (사이) 다 사람시민 살아진다.
유이	물질하면 뭐가 좋아요?
고명순	돈 버렁 좋지. 아이들 공부도 시키고. 나가 물질해서 우리 똘 유학까지 보냈주게. 우리

애들이 나 닮앙 똑똑해여.

유이 할머니, 공부 잘했어요?

고명순 그럼, 우리 아방이 소학교 선생이어서 어려서부터 공부 많이 시켰지. 책도 많이 읽고. 내 꿈이 박경리 같은 소설가 되는 거였는데……. 나 오라방은 대학까지 나왔주게. (사진을 가져와) 여기가 우리 아방, 여기가 우리 어멍, 여기가 오라방. 4·3 나고 다 죽언. (사이, 죽은 사람들을 회상하는 듯하다가) 먹고 살당 보니 나도 벌써 갈 때가 다 됐쪄.

유이 할머니, 누워봐요.

고명순 무사?

유이 귀지 파드릴게요.

고명순 됐다게.

유이 누워봐요. 내가 제일 잘하는 게 귀지 파는 거예요.

유이, 명순의 귀지를 파준다.

유이 어때요? 시원하죠?

고명순 잘도 파네. (흥얼거리듯)

바람이랑 밥으로 먹고

구름으로 똥을 싸곡

물질이랑 집안을 삼앙

설운어멍 떼여두곡

설운아방 떼여두곡

부모동생 이벨하곡

한강바당 집을삼앙

이업을 하라하곡

이내몸이 탄생하든가

이여 싸나 이여도 싸나

유이 나도 물질할까 봐요, 할머니. 텔레비전 보니까 요즘은 젊은 여자들도 해녀 하던데……. 할머니 해녀복 제가 입어도 돼요? 물질 가르쳐줘요, 나도. 낮에 보니까 돌고래 보이던데, 물 속에서 돌고래 만나면 안 무서워요? 할머니 내가 물질해서 돈 벌면……. (사이) 할머니. 자요?

3장. 유이의 발견

하도리, 가게.

해녀 합창단원들이 지휘자 방 선생이랑 회식 중이다.

미자, 과도한 서비스를 제공한다.

방 선생, 화장실 갔다 오다 주방에서 일하는 유이를 쳐다본다.

방 선생	저기, 우리 언제 본 적 있지 않나? 어디서 본 거 같은데.
유이	…….
방 선생	(미자에게) 어머니, 딸이에요?
현미자	똘은 아니고 알바.
방 선생	아, 생각났다. 혹시 얼마 전에 애월에서…… 내가 바닷가에서 본 거 같아서. 그때 남자하고…….
유이	…….
방 선생	아닌가?
송명희	방 선생님, 젊은 사람만 좋아하지 말고 여기 와서 내 잔도 한 잔 받읍써. 방 선생님 여복 터졌네. 여기 다 여자우다예. 빨랑 옵서.

합창단 회장인 박정자가 일어난다.

박정자 여러분 잠깐만 주목해 주세요. 우리가 외국 공연 갔다 오고 첫모임인데. 아시겠지만 두 명의 단원이 이번 외국 공연을 끝으로 합창단 활동을 그만두게 되서예. 그동안 수고했다고 우리가 조그마한 선물을 준비해수다.

준비한 선물을 이이녀, 현숙자에게 전달한다.

박정자 그동안 수고했는데, 한 말씀씩 해줍써.

이이녀 기뻤고 행복했고 자랑스러웠습니다. 학교를 안 다녀브난 영 글을 못 읽어 가사 외우는데 잘도 힘들어는데, 다들 옆에서 많이 도와줘브난 나 같은 사람도 노래할 수 있어서 정말 기뻤수다. 우리 똘이 나 노래하는 거 보고 많이 울었다고 해신디 나는 노래하면 슬프기도 하지만 마음이 막 기뻐수다. 노래의 사랑을 듬뿍 받았주게. 마음 같아서는 죽을 때까지 같이 하고 싶지만 그건 내 욕심인 거 닮

아. 하지만 내가 합창단 나가도 도울 일 있으면 물질하다가도 달려올 거우다.

송명희　　무조건 무조건이야.

사람들, 웃으면서 박수친다.

현숙자　　좋은 노래 만들어 준 우리 방 선생님 고맙습니다. 우리 해녀들 사랑해 줘서 고맙주게. 도와주는 사람 하나 없어 방 선생이 고생고생했는데 우리 믿고 여기까지 온 거 아니우까. 많이 싸우기도 했지만 그래도 무대에서 손잡고 노래할 수 있어서 너무 좋았수다. 그동안 수고했고 고마웠어요. 방 선생님 소라 먹고 싶으면 언제든지 전화 줍써.

송명희　　무조건 무조건이야.

박정자　　두 분 그동안 우리 해녀 합창단을 위해 정말 수고 많이 했습니다.

사람들, 다 같이 건배한다.

방 선생이 떠나는 해녀들을 위해 송별 노래를 불러준다.

방 선생 자작곡인 「바다」를 부른다.

사람들, 박수친다.

박정자 신입단원 어떻게 뽑을 거냐고 사람들이 나한테 자꾸 물어봐서예. 방 선생님의 의견을 듣고 싶어예.

방 선생 합창단에 들어오고 싶어하는 해녀분들이 많아서 이번 신입단원은 공정하게 오디션을 봐서 뽑으려고 합니다. 여러분들 텔레비전에서 오디션 프로그램 많이 보셨죠. 뭐 그런 식으로 진행할까 합니다.

이진숙 (취기가 올랐다. 미자가 비싼 먹거리를 방 선생 앞에 갖다 놓는 것을 보고) 미자야. 너는 벌써부터 약치냐? 방 선생님, 그거 먹으면 뇌물 먹는 거라예.

현미자 우리 해녀들을 빛내주는 분인데 내가 이 정도도 못해?

이진숙 노래를 잘해야지, 합창단 들어오려면. 한 번 따라해 봐라.

송명희 자이 자꾸 노래 시키지 마라.

이진숙 무사? 재미잖아.

이진숙, 「나는 해녀이다」라는 노래를 부른다.

미자, 따라해 보는데 음치라 좌중 웃음바다가 된다.

이때 주방에서 유이가 그 노래를 따라한다. 사람들 놀라 주방 쪽을 바라본다.

4장. 노래 연습

가게.

유이 손이 가 가게가 많이 정리되고 깨끗해진 느낌이다.

현미자 뭐 해녀를 하겠다고?

유이 네.

현미자 안 돼마씨.

유이 왜요?

현미자 물질 힘들어.

유이 시키는 거 다 할게요.

현미자 물질허당 죽는 사람 많어. 올해도 두 명이나

죽었져. (사이) 무사 물질하려고 하는데?

유이 바다가 날 부르는 거 같아요. 바다가 나 해녀 하라고 살려준 거 같아요.

현미자 보기야 좋지. 바당 무서워.

유이 아줌마 물질하는 거 보면서 생각해 봤는데, 물질 이게 나한테 딱인 거 같아요. 내가 아줌마 때문에 이날까지 가리고 살았잖아. 저 입고 쓰고 가리고 하는 일 다 잘해요. 인형탈 알바도 해봤고요. 못 배운 애가 뭐하겠어요? 물질이라도 해야지.

현미자 못 배웠으면 공부해서 대학에 가야지. 무사 나처럼 살잰 허맨?

유이 바다에서 배우면 되죠. 바다가 대학이라고 생각하면 되잖아요. 바다 대학에 들어가겠다는데 좀 도와줘요.

현미자 (어이없어 하며) 너 말은 잘헌다이. 바다 대학?

유이 네, 바다대. (사이) 물질 안 가르쳐 주면 나도 노래 안 가르쳐 줄래요.

현미자 아이고게. (사이) 좋아. 게민 시험 한 번 쳐보자.

미자, 양동이에 물 담아 온다.

현미자 너 숨 좀 보자. 물에 얼굴 담가봐. 숨이 얼마나 되는지 보게.

유이, 양동이에 머리를 처박는다.

현미자 숨을 참는 만큼 버는 게 물질이라. 숨 짧으면 똥군이라.

유이, 한참 시간이 지났는데도 머리를 들어올리지 않는다.
이상하다고 느낀 미자, 유이의 머리를 들어올린다.
유이, 숨을 가쁘게 몰아쉰다.

현미자 야, 미쳔? 너 같은 애들이 물질하다 죽는 거야. 자기 숨도 모르고 욕심부리다 물숨 들이쉬면 죽는 거라.

유이 그러니까 가르쳐 달라고요. 아줌마도 처음부터 물질 잘한 거 아니잖아요. 나도 물질해서 돈 벌고 싶어요. 돈 벌어서 수술도 하고 싶고, 돈 벌어서 아줌마처럼 가게도 해보고 싶고…….

현미자 물도 모르면서 맘만 앞서다가 죽는 거야. 난 이해가 안 된다. 바당에서 죽으려고 했던 애가 바당에 무사 들어가잰 허멘? (사이) 나는 바당보다 니 욕심이 더 무서워.

유이 그럼 욕심 안 부리는 법도 가르쳐 주면 되잖아요.

현미자 (사이) 알았쪄. 한 번 해보자.

유이 약속하는 거예요? 각서 써요.

현미자 넌 참 별 거 다 배워쩌. 약속허크라. 대신 나도 합창단 들어가게 해줘야 한다. 그리고 너 시키는 거 다 한다고 그랬지? 내가 부탁 하나만 하자. 요양원에 누워 있는 우리 시아방하고 우리 남편 간병, 나랑 좀 나눠 하자. 우리 시어멍이 나이가 들언 요양병원 왔다갔다 하기도 힘들어 해서마씨. 시누이 하나 있는 거는 미국에 있언 와보지도 않고. 죽엉 유산이나 준다고 하면 들어올 거라. (사이) 해줄 거지?

유이 그럼요.

현미자 똥 기저귀도 갈아야 하는데.

유이 괜찮아요. 저 돈 벌려고 시체 닦는 알바도 해봤어요.

현미자 내가 간병비는 따로 챙겨주크라.

유이 안 그래도 돼요.

현미자 아니야. 줘야 내가 맘이 편해. 각서 써야지.

유이 아줌마!

현미자 아줌마라고 하지 마라. 징그럽다.

유이 그럼 뭐라고 그래요?

현미자 삼춘이라고 그래.

유이 삼춘?

현미자 제주 사람들은 자기보다 나이 많은 사람을 다 삼춘이라 불러. 여자한테도.

유이 아 네.

현미자 해봐.

유이 삼춘!

현미자 그래. 이제 겅 불러. 그럼 노래 연습해야지.

유이 알았어요. 삼춘.

유이, 양동이에 들어 있는 물을 버리고 양동이를 들고 온다.

현미자　　무사?

유이　　써요?

현미자　　무사?

유이　　이걸 쓰고 자기 노래 소리를 들어보는 거예요. 그래야 자기 소리가 어떤지 알 수 있어요. 어디가 어떻게 틀리는지 스스로 깨달아야 소리를 바로잡을 수 있다구요. 음치 클리닉 할 때 이렇게 해요.

현미자　　기?

유이　　삼춘, 합창단은 왜 들어가려고 그래요?

현미자　　그러게마씨. 노래하는 해녀들 보난 막 부럽기도 하고, 일만 하고 돈 때문에 악만 쓰는 줄 알았는데 노래할 때 보니까 다들 잘도 고아 보이고, 뭔가 정말 살면서 고귀한 일을 하는 거처럼 보이는 거라. 경해서…….

유이　　그렇다면 쓰세요.

미자, 양동이를 뒤집어쓴다.

유이 발성 연습부터 하겠습니다. 저도 음악 시간에 배운 건데요. 따라해 보세요. 아아아아아.

미자, 양동이를 뒤집어쓰고 유이의 소리를 따라한다.

유이 한 음 한 음 천천히 정확히요. 삼촌도 살아봐서 알겠지만 모든 일이 하나가 중요해요. 하나가 틀리면 다 틀리는 거예요. 다시요. 아아아아아.

현미자 아아아아아…….

유이 소리에서 느껴지는 감정을 하나하나씩 느끼면서요. 그 느낌을 다시 소리에 실어서요.

현미자 아아아아아…….

유이 예전에 음악 선생님이 했던 말이 생각나네요. "유이야, 노래할 수 있다면 끝난 게 아니다. 노래할 수 있으면." 그 말을 듣고 나서 저 힘들 때마다 노래했어요.

유이, 노래한다.

사이, 양동이를 뒤집어쓴 미자가 움직이지 않는다.

유이 삼춘! 삼춘 왜 그래요?

5장. 물질 연습

현미자 우리 어멍도 물질하다 죽어신디 경해도 또 먹고 살잰허믄 또 그 바당에 들어야 되는 게 해녀라. 너도 바당이 어멍이라고 생각하고 물질해. 울어도 바당에서 울고 웃어도 바당에서 웃고. 우리 해녀들은 바당에서 나서 바당에서 죽는 거라. 힘들어도 아침에 일어나 민이 막 바당에 오고 싶어질 때가 올 거라.

유이 저는 바다가 아버지 같아요.

미자가 유이에게 물질을 가르쳐 준다.

6장. 요양병원

강덕이와 강용석 부자가 누워 있는 요양병원.

마스크 쓴 유이와 명순이 부자를 간병하고 있다.

명순, 음악을 튼다.

고명순　　우리 동네 해녀들이 부른 노래라예. 이거 듣고 일어납써.

출입구에 국회의원 후보인 오명수가 수행들과 함께 들어온다.

과일 바구니를 들고 있다. 사진사는 사진 찍기에 여념이 없다.

오명수　　민호 할망, 명숩니다. 오명수.

고명순　　너 국회의원 나가냐?

오명수　　네.

고명순　　폭삭 속암다게.

오명수　　민호 아버님, 몇 년째 누워 계신 거죠?

고명순　　20년 다 되어간다.

오명수　　아이고. 우리 삼춘이 고생 많수다. 인사만 드리고 갈게요.

고명순　　알아보지도 못하는데, 인사는 무슨 인사.

오명수　　(강용석의 손을 잡고, 마치 외워 온 듯한 말투로) 아버님, 저 명숩니다. 저 알아보겠수까? 민호 친구 오명수이우다. 저 이번에 국회의원 출마 했습니다. 민호랑 꿨던 꿈, 이루려고요. 저 정말, 민호 먼저 보내고 힘들었습니다. 내가 죽인 거 같아서 말입니다. 민호따라 죽을까도 많이 생각했습니다. 하지만 그건 민호의 뜻이 아니라고 생각했습니다. 아니다, 살아서 민호랑 같이 만들고 싶었던 제주도, 우리 친구들이 만들고 싶었던 대한민국을 만들자. 민주국가, 복지국가, 사람 사는 세상 만들자고 제주의 아들 오명수 굳게굳게 다짐하고 출마하게 되었습니다. 꼭 당선되어서 아버님 다시 찾아뵙겠습니다.

오명수, 손수건으로 눈물을 훔친다.

사진사, 사진 찍는다.

오명수 제가 당선되면 노인들 위한 정책, 법안 많이 추진할 겁니다. 노인 의료비 지원 30프로 증액, 노후안정자금 20프로 증액을 추진하려고 합니다. 우리 제주 노인분들, 역사적으로 환

경적으로 참 힘겹게 살아온 분들인데, 말년에 편하게 지내시다 가야지 않겠습니까? 이번에 꼭 투표하시고 저 오명수를 찍어주세요.

고명순 경해야지.

오명수 당선되고 다시 찾아뵐게 마씨.

오명수, 병실에 있는 보호자들과 일일이 악수하고 나간다.

고명순 우리 민호가 살았시믄 국회의원보다 더한 것도 했을 거라.

유이 민호가 누구예요?

고명순 손지. 공부를 잘했어. 수재소리 들어신디……. 자이랑은 고등학교 동창인데 대학생 때 자이랑 자이 친구들이랑 우리 손지랑 탑동 방파제에서 술 마시다…….

고명순, 일어나 나간다.

유이 어디 가세요?

고명순 나 좀 나갔다 올게.

할머니 한 분이 꽃을 들고 병실에 들어온다.

강덕이 옆에 앉아 강덕이 손을 잡고 한참을 쳐다본다.

유이 할머니. 누구 찾아오셨어요?

할머니 …….

유이 할머니!

할머니, 말없이 있다가 병실을 나간다.

옆에서 이 광경을 지켜보던 다른 환자 보호자가 유이에게 다가온다.

보호자 누게?

유이 모르는 분인데요.

보호자 (고개를 갸웃거리다) 힘들지? (사이) 저 집 손지가 제주도에서 유명한 수재라. 강민호라고. 근데 탑동 방파제에서 친구들이랑 술 마시다가 물에 빠져 죽었주게. 저기 누워있는 민호 아방은 아들 죽고 맨날 술만 마시다가 뇌가 줄어드는 이상한 병이 든 거라. 할아방도 오늘 내일 하고…… 냄새 나는데…… 민호 아방은 너만 오면 똥을 싸이.

유이, 강용석의 기저귀를 확인한다. 가림막을 치고 기저귀를 갈려고 한다.

고명순, 들어온다.

고명순	뭐햄시냐? (화를 내며 유이를 잡아 끌며) 누가 너 보고 이런 일 하라고 해시냐? 집에 가라. 가게 가서 가게 일이나 허라.
유이	괜찮아요. 할머니 안 오실 때 저 혼자 몇 번 해봤어요. 그리고 저 시체 닦는 일도 해봤어요.
고명순	뭐라고? 게믄 우리 아들이 시체라?
유이	왜 그러세요? 할머니.
고명순	가라. 가라게.

고명순, 현미자한테 전화한다.

고명순	(전화 받자) 요망진 년. 니가 야이 보고 똥 기저귀 갈라고 핸? 시킬 일이 있고 안 시킬 일이 있지. 니 남편 밑 보는 일을 남한테 시키고 싶나? 뭐 간병인은 되고 야이는 안 되냐고? 그게 말이냐? 너 간병비 아까워 야이 여

기 보내는 거 나가 모를 거 닮아. 나 죽기 전에는 야이한테 이 일 못 시킨다.

명순, 전화 끊는다.

유이 저 정말 괜찮아요.

고명순 가라. 다시는 여기 오지 말라.

갑자기, 강용석 발작을 시작한다.

7장. 노래 연습

가게. 늦은 오후.

유이 오늘부터 지정곡 「나는 해녀이다」 연습할게요.

현미자 미안하다. 내가 생각이 짧았던 거 닮아.

유이 괜찮아요. 연습해요, 우리. 이제 오디션 얼마 안 남았잖아요.

현미자 그만둘까? 내가 노래할 마음이 아니네. 영.

유이 그런 게 어디 있어요. 나 해녀 해야 돼요.

현미자 시아방도 그렇고, 우리 서방도 그렇고. 살아 있는 게 막 미운 거라. 빨리 죽었으민 하면서도 그런 생각 하민 또 내가 막 미워지고 그러는 거라, 내 마음이. 물질 왜 하냐고? 울잰. 바당 속에서 울면 우는지도 몰라지니까…….

유이 그러니까 노래해요.

현미자 그럴까?

유이 노래할 때요, 노래 내용을 머릿속에 그림처럼 그리면서 해봐요. 그럼, 노래가 생생해질 거예요.

유이, 멜로디폰 연주한다.

현미자, 노래한다. 처음에는 형식적이고 건조하게 노래한다.

유이 가사 하나하나를 느끼면서 해봐요. 소리는 감정에 따라 나오는 거예요. 여기 가슴에 느낌이 생겨야 거기에 맞는 호흡과 소리가 나오는 거예요. 삼춘은 감정을 누르는 게 버릇이 됐어요. 뻥! 터뜨려 버리세요.

현미자, 조금씩 감정을 넣는다.

현미자, 노래하는데 갑자기 유이가 아픈 표정을 짓는다.

유이, 하혈한다.

유이 삼촌…….

현미자 무사?

유이 피…….

8장. 미역국

가게.

미자는 성게미역국을 끓이고 있다.

현미자 우리 어멍 죽어실 때 울고불고 그때는 못살 거 같고 그랬는데, 몇 년 지나니까 어멍 생각이 하나도 안 나는 거라. 근데 죽은 아들은 잊으려고 해도 잊으려고 해도 잊혀지지가 않아. 그래서 어멍인가? 빨리 몸 추스려라. 나 합창단 들어가야 돼.

유이 대신 죽은 거 같아요. 내가 죽었어야 했는데.

현미자 경허민 낳아서 기르려고 그랬냐?

유이 난 임신한 줄도 몰랐어요.

현미자 그만 한 게 다행이라.

오디션 지원하는 해녀들 몇이 가게에 놀러 온다.

손에 선물들이 들려 있다.

유이가 일어나 인사한다.

최순연 성님, 우리도 노래 연습하러 완마씨.

고부심 미자야. 너만 특별 지도 받아부난 우린 영 떨어지겠다. 오일장에서 장대 좀 사왔다. 우리 제주 여자들은 애 낳고 나민 이 장대 먹어이. (유이에게) 괜찮냐?

유이 네.

최순연 나도 유산 두 번이나 했는데 경해도 나가 애를 세 명이나 낳았주게.

고부심 우리 어멍은 나를 바당에서 낳았다게. 배 불러도 먹고 살아야 하니 어떵 물질 안 해. 우리 어멍 물질하다 나 나부난 나가 바당의 여자라. 해녀.

미자, 성게미역국을 들고 나온다.

현미자　　애 낳은 거랑 똑같은 거니까. 잘 챙겨 먹어야 돼.

최순연　　성님, 합창단 오디션 며칠 안 남았는데, 노래 좀 되마씨?

현미자　　말 마라. 연습 좀 하려고 하면 영 일 터져부난 어떵 해지크냐?

고부심　　유이야. 너 우리도 노래 좀 지도해 줘라.

현미자　　내불라게. 몸도 성치 않은데. 무슨 노래 연습? 니 똘한테 배우라.

고부심　　하루만 빌려주라게.

현미자　　안 되여!

고부심　　니 똘도 아닌데 너무하는 거 아니?

현미자　　내 똘이라, 내 똘! 내가 가르쳐 줄까?

고부심　　니가 어떵 노래를 가르쳐?

현미자, 양동이를 들고 온다.

현미자 쓰라게.

고부심 무사?

현미자 나가 이영 배원. 쓰고 노래해 보라.

고부심 기?

유이 네.

현미자, 양동이를 씌워 준다.

현미자 천천히, 한 음 한 음, 자기 소리를 느끼면서 노래해 보라. 너도 살아봐서 알겠지만 모든 일이 하나하나가 중요하다. 하나가 틀리면 다 틀리는 거라.

고부심, 노래한다.

최순연 잘한다.

고부심 (양동이를 벗으며 유이에게) 정말 잘하냐?

유이 네.

고부심 미자보다 내가 잘하냐?

유이 그게…….

고부심 그건 그렇고 너 자유곡은 뭐할 건데?

현미자 비밀이라.

최순연 성님만 붙잰 햄수꽈?.

현미자 내가 이제 너보다 노래 잘한다.

최순연 기꽈? 한번 해봅써.

현미자 됐다게. 부심아, 너는 자유곡 뭐 할건데?

고부심 나도 비밀이라.

현미자 고라 주라. 안 말하면 내가 동네방네 니 비밀 다 말해 버릴거.

고부심 뭔 비밀?

현미자 니 남자…….

고부심, 미자의 입을 틀어막는다.

고부심 그럼 내가 먼저 해볼 테니, 잘 들어보라이.

고부심, 막걸리 한 잔 마시고 춤을 섞어 가며 노래한다. 「남행열차」.

사람들, 박수치며 즐거운 한때를 보낸다.

가게로 들어오는 유이의 외삼촌 김성수.

테이블 한쪽 의자에 앉는다.

김성수, 개 부를 때 내는 소리를 낸다.

김성수　　여 와라. 니 유이 맞제? 내다 니 외삼촌. 와 멀리도 왔네. 이런 데 있으면 내가 몬 찾을 줄 알았나? 유튜브에 화상녀 치니까 딱 나오대. 여 와라. 마 조용히 가자. 니 우리 가게에서 키우던 똥개, 럭키 알제? 마 이기 우리 가게에서 나오는 갈비 먹고 살이 토실토실 올랐다 아이가. 그래가 내가 보신탕 끄리 먹을라고 막 패 죽있다. 토치에 불 딱 붙여가 반쯤 꼬실랐는데 죽은 줄 알았던 임마가 푸드득 살아가 막 도망가 삐는기라. 그때 내가 우예 했는지 아나? (개 부르는 소리를 내며) 럭키, 럭키 이캤더니 임마가 내한테 지 죽일지도 모르고 또 꼬리를 살랑살랑 흔들며 오는기라. 내한테. 그기 개다. 그기 똥개다. 와 내가 그 생각을 못했을꼬? 결국 지한테 뜨거븐 상처를 입힌 사람에게 돌아가는 기 니 같은 똥개라는 걸. 여 와라. 안 오나? 니 내 개 되는 거 볼래?

유이, 자리를 피하려 한다.

김성수, 유이의 머리를 낚아챈다.

유이　　이거 놔.

김성수　　외삼촌한테 어디 반말이고?

유이　　꺼져. 꺼지라고.

현미자　　(말리며) 노라게. 어떵왕 이 행패우꽈?

김성수　　집안일이니까, 아줌마는 찌그러져 계시소. 니 우리가 니한테 어떻게 해줬는데 돈을 가지고 토끼나?

유이　　그거 내 돈이야. 내가 일한 돈이야.

김성수　　내 돈? 먹이고 재우고 학교 보내줬더니, 뭐 내 돈? 니 너그 아버지가 어떤 놈인지 아나? 살인범 서상석이! 내 동상 김성미, 니그 엄마 죽인 개자슥. 니그 아버지 죗값 누가 치르나? 니가 치러야지.

유이　　엄마 얘기는 하지도 마. 지긋지긋하니까. 그게 엄마야? 삼촌도 알잖아, 엄마가 어떻게 살았는지?

김성수　　니그 엄마가 어땠다고? 니그 아버지가 상병

신 같으이 니그들 먹여 살릴려고 그런 거지.

유이 엄마는 죽어도 싸.

김성수 뭐? 죽어도 싸? 뭐 이런 쌍년이 다 있노?

김상철, 유이를 때린다.

최순연, 동영상 촬영한다.

유이 왜 때려? 왜 때려? 왜 나만 보면 때려. 내가 뭘 잘못했다고? 내가.

김성수 이기 아직도 정신을 못 차렸네. 니 여기서 아주 죽을래?

김성수, 또 때리려 한다.

현미자 (막으며) 야, 너 뭐야? 니가 뭔데, 우리 아이를 때려?

김성수 우리 아이?

현미자 그래 우리 애다. 니가 뭔데. 니가 뭔데, 우리 애를 때려? (잡아끌며) 나가, 나가라게!

김성수 (밀치며) 비키소.

현미자, 나가떨어진다.

고부심 미자야. 야 개새끼가. 너 지금 우리 미자 쳤어?

고부심, 빗자루를 들고 김성수한테 달려들지만 역부족이다.

김성수, 고부심을 밀친다.

고부심 야 너 지금 내 몸에 손댔어? 너 오늘 죽었다. 너 이 동네 해녀들이 어떤 해녀들인지 모르지? 악질 일본 놈들하고도 싸워서 이긴 해녀들이야.

김성수 아이고 무섭대이. 아줌마 지금 뭘 찍습니까? 주이소. 퍼뜩.

최순연의 폰을 뺏는다. 수족관에다 넣어 버린다.

고부심 (전화하며) 여기 미자네 빨리 오라게. 다 데리고 오라게.

현미자 나가. 나가. 경찰에 신고하기 전에!

김성수 아이고마 신고하이소. 이 가시나 아주 절도

죄로 넣어뻐게. (유이를 잡아끌며) 가자. 집에 가자.

유이 (뿌리치며) 놔. 내 몸에 손대지 마. 죽여버릴 거야.

유이, 주방에 들어가 칼을 들고 나온다.

김성수 아고야 무섭대이. 아주 즈그 아버지 피가 촬촬 흘러뻐네. 니 칼 쓸 줄은 아나?

현미자 칼 노라이.

유이 죽일 거예요. 죽이고 나도 죽을 거예요. 장사 안 된다고 때리고. 그릇에 고춧가루 묻어 있다고 때리고. 늦게 일어난다고 때리고 때리고. 화장실 청소 안 했다고 때리고 때리고 때리고. 왜 나한테 엄마 복수를 하는데, 왜?

김성수 (다가가며) 찔러라. 그래 우리 집안 다 죽여뻐라.

고부심, 망사리를 김성수에게 씌운다.

최순연도 합세해서 김성수를 제압한다.

이때, 도착하는 오토바이 소리가 들린다.

해녀들이 들이닥친다.

고부심 빨리빨리 옵써. 이놈 잡아 끌어냅서. 나가 망사리에 영 나쁜 놈 담아 보기는 생전 처음이라.

해녀들, 김성수를 끌어내서 마구 때린다.

현미자 이제 칼 노라이.

현미자, 칼을 처리하고 울고 있는 유이를 안아준다.

9장. 오디션

오디션장.

사회자 이제 마지막 참가자, 모시겠습니다. 현미자 어머님, 모시겠습니다.

미자, 나온다.

사람들, 박수친다.

미자, 지정곡부터 부른다.

현미자 물결이 일렁이네
추억이 일렁이네
소녀가 춤을 추네
꽃다운 나이였지
어느 날 저 바다는
엄마가 되었다네
내 눈물도 내 웃음도…….

미자, 잘 부르다가 가사를 까먹는다.

사이.

사람들, 정적.

사회자 어머니, 다시 불러도 됩니다. 어머니.

미자, 노래하지 못한다.

미자, 노래하지 못하고 내려온다.

사람들, 웅성댄다.

미자, 오디션장을 나가 버린다.

명순과 유이, 미자를 따라간다.

사회자 어머니, 어머니. (사이) 우리 현미자 어머님이 영 마음이 바당 닮아 다른 해녀 어머니들 단원 되라고 양보하신 거 같네요. 그럼 심사가 끝나는 대로 합격자를 발표하도록 하겠습니다. 막간을 이용하여 몇 가지 공지사항을 알려드리겠습니다. 먼저 희소식부터 알려드리겠습니다. 스웨덴 공연 소식을 접하신 우리 대통령 님께서 직접 우리 해녀합창단 공연을 보러 오신답니다. 박수! 이번 오디션이 끝나면 바로 연습 들어갈 예정입니다. 마을 주민들, 특히 남편분들 많이 좀 도와줍써. 그리고 우리 방 선생님이 그간 공로를 인정받아 도에서 상을 받게 됐습니다. 박수! 그리고 이건 안 좋은 소식입니다. 우리 방 선생님이 키도 크고 인물도 좋고 노래도 잘하는데 아직 총각입니다. 주변에 잘도 고운 처자들

있으면 소개시켜 줍써.

송명희 나예!

사람들, 웃는다.

방 선생, 심사 결과를 발표한다.

방 선생 오늘 어머니들 노래 잘 들었습니다. 준비한다고 수고들 하셨습니다. 제가 살아오면서 가장 큰 감동을 받은 노래는 잘 부르는 노래는 아니었습니다. 저는 감동적인 노래는 잘하는 노래와 다르다고 생각합니다. 해녀 여러분들이 부르는 노래는 누가 부르든 그건 하나의 역사이고 삶이라고 생각합니다. 다만 합창단은 여러 명이 조화를 이루고 호흡을 같이 맞춰야 해서 그런 점을 종합적으로 고려해서 심사했습니다. 떨어졌다고 너무 실망 마시고 늘 노래와 같이하는 우리 해녀 어머니들 되길 바라겠습니다. 두 명을 선별했는데요. 나이순으로 부르겠습니다. 고부심 어머니! 그리고 최순연 어머니! 축하드립니다.

사람들의 반응이 엇갈린다.

10장. 숨비소리

바닷가. 노을녘.

명순과 미자, 유이가 물질하는 거 쳐다본다.

간간히 유이가 내쉬는 숨비소리가 들려온다.

고명순　　자이 이제 해녀 다 됐쪄이.

현미자　　그만하고 나오라.

고명순　　자이 보민 나 처녀 때 생각나이. (사이) 왜 노래는 하당 말안? 잘도 하다가.

현미자　　뭐가 가슴에 턱 걸리는 게 물숨 삼킨 거 닮아. 가사도 생각 안 나고.

고명순　　게난 노래도 너무 아프민 안 나오는 거라. (사이) 니 힘들면 훌훌 털고 가도 된다이.

현미자　　무사 그런 말을 햄수꽈? 됐수다게. 저 바당이 다 돈인데 어딜 갑니까?

고명순　　나가 노래 하나 해줄까? 나가 4·3 터지고 살라고 미친 척했거든. 머리에 동백꽃 꽂고 나가 막 흙도 먹고 그랬쪄이. 살라고. 경허난 나가 이 노래 좋아하주게.

고명순, 이미자의 「동백아가씨」를 부른다.

유이의 숨비소리와 명순의 노랫소리가 묘한 조화를 이룬다.

노을 속에 두 여인이 풍경처럼 앉아 있다.

11. 막간극—서천꽃놀이

불도당.

서 심방이 창호지 가면을 쓰고 서천꽃놀이를 한다.

아이를 저승으로 데려가는 구삼신할망을 내쫓는 내용이다.

3막

1장. 문자. let it be

가게. 누팜과 경찰 1이 와 있다.

경찰 1은 사복 차림이다.

누팜은 자랑스러운 도민상을 받았다.

유이, 조금 떨어진 곳에서 문자를 확인하고 있다.

승원 (소리로만) 유이야, 승원이 오빠. 아직도 이 번호 쓰고 있을지 모르겠네. 혹시나 해서 문자 보낸다. 돈만 들고 떠나서 속상했지? 내 욕 많이 했지? 그래 욕해도 돼. 내 욕해도 돼. 욕 먹을 짓을 했으니까. 누가 인형탈 사업 같이 하자고 해서 내가 잠시 눈이 멀었었나 봐.

돈만 떼였어. 내가 바보지. 그동안 열심히 일해서 돈 좀 벌었어. 니 돈 돌려주려고. 나도 무척 힘들었어. 내가 니 인생을 훔친 거 같아서. 내가 인성 빻은 놈 같아서. 이 번호 맞으면 계좌 하나 보내 줘. 돈 받으면 꼭 수술해. 그리고 우리 아직도 부부 맞지?

유이 개새끼!

사이.

경찰 1 뭐해요? 와서 사진 같이 찍어요.

유이 사진 안 찍어요. 저.

경찰 1 그래도 같이 찍어요. (상패를 보이며) 누팜이 이렇게 자랑스러운 도민상도 받았는데.

경찰 1, 누팜과 유이를 억지로 같이 있게 해서 사진을 찍으려고 한다.

유이 (짜증) 안 찍는다고요!!

경찰 1, 다소 당황한다.

경찰 1 아 그래도 목숨 걸고 구해 준 사람인데…….

아 뭔가가 확 들어오네. 나 여기 왜 있는 거니?

유이 (사이. 미안했는지) 같이 찍어요.

누팜과 유이, 어색하게 사진 찍는다.

경찰 1 You are a good guy. 우리 친구 하기로 했어요. 나 누팜한테 영어 배우기로 했어요. 네팔에서 영어 선생님 했대요. You are my english teacher. 누팜, 많이 먹어. 오늘은 내가 쏜다. Rice wine. 막걸리 콜!

누팜 콜!

둘은 술을 마신다.

누팜 한 번 보고 싶었어요. 괜찮아요?

유이 네. (사이) 미안해요. 내가 먼저 연락했어야 했는데.

경찰 1 누팜, 노래 잘해요. 누팜, 너 유이 씨 만나면 노래, 노래 해줄 거라고 그래잖아. sing 콜?

누팜, 유이를 위로하는 노래를 부른다. 「Let it be」.

노래하는 중간, 유이가 허밍으로 화음을 넣는다. 고맙다는 듯.

2장. 발표 연습

연습실.

방 선생 어머니들, 다음 공연부터 약간 변화를 주려고 합니다. 들어보시고 의견 주세요. 일단 공연장은 바닷가로 할까 합니다. 이런 걸 실경공연이라고 하는데요. 우리 제주가 가진 자연환경을 무대배경으로 활용하자는 거죠. 그리고 이 부분이 중요한데요. 몇몇 노래는 좀 색다르게 구성해 볼까 합니다. 해녀 3대의 역사를 노래에 반영하는 연출이 될 건데요. 십 대, 이십 대 시절의 해녀, 사오십 대 시절의 해녀, 칠팔십 대 시절의 해녀의 모습을 공연하면서 중첩시키려고 합니다. 우리 합창단에서 사십 대 이후는 어떻게 해결이 될 것 같은데, 십 대, 이십 대 시절의 해녀는 조금 힘들 거 같아서요.

송명희 나 마씨. 나가 이십 대 해녀 하면 안 돼마씨?

최순연 성님이 이십 대면, 난 십 대라예.

해녀들, 웃는다.

방 선생 그래서 이건 제 생각인데요. 아직 말은 안 해 봤지만 미자네서 일하는 서유이 양을 공연에 합류시키면 어떨까 해요. 어머니들 생각은 어떻습니까?

이진숙 뭐마씨?

해녀합창 단원들, 웅성거린다.

강영란 난 반대우다. 가이는 해녀도 아니잖아요.

송명희 가이가 해녀증이 없어서 그렇지, 이제 너보다 물질 잘하지 않아?

강영란 무사 가이가 나보다 잘합니까? 가이 얼굴에 화상 입언 보기 흉허우께. 어떵 그런 아이를 무대에 세웁니까?

이진숙 우리 똘도 노래 잘하는데, 차라리 우리 똘 세웁서게.

강영란 맞주게. 우리 해녀들 똘도 많은데, 무사 가이를 세웁니까? 대통령도 보는 공연에.

고부심 방 선생님이 무슨 생각이 있으니까, 저렁 말하는 거 아니?

강영란 성님은 이제 들어왕 방 선생한테 잘 보이려고 경 얘기햄수꽈?

고부심 너는 노래도 못하는 게 무사 경 말이 많냐?

강영란 내가 왜 노래를 못해마씨?

고부심 너도 오디션 봤으면 여기 들어오지도 못했을 거라.

강영란 성님 지금 전에 들어온 단원 전부 욕하는 거우다.

고부심 뭐 내가 틀린 말 해시냐?

이진숙 뭐?

박정자 그만들 허라. (사이) 방 선생님 생각은 알겠는데, 나 생각에도 막 좋은 생각은 아닌 거 닮아. 가이가 한다고 한 것도 아닌데, 우리가 미리 그것 갖고 왈가불가하는 것도 말이 안 되고 마씨.

방 선생 어머니들, 부탁드립니다. 제가 어떻게든 설득해 보겠습니다.

이진숙 무사 가이를 공연에 합류시켬시? 가이는 외지에서 온 아인데.

방 선생 어머니, 저도 육지에서 왔어요. 어머니들 필요할 때만 육지 것들 찾고 필요 없으면 육지 것들이라고 내칩니까? 어머니들 잡은 거, 누가 사줍니까? 어머니들 타는 오토바이, 누가 만든 겁니까? 다 같이 사는 겁니다. 그리고 제가 말을 안 해서 그렇지, 저도 어머님들한테 할말 많습니다. 제가 무슨 중간에서 행사비를 챙겼습니까? 저 정말 돈 생각 안 하고 합창단 일하고 있는데 그런 말 들으면 정말 그만두고 싶습니다.

송명희 누가 그런 말을 햄수까? 말해 봅써. 찬호 어멍 너냐?

이진숙 아니여.

방 선생 어머니들, 어떤 때 보면 너무합니다. 제가 자리 정해 줬는데 자꾸 저한테 앞자리 서게 해 달라고 하지 않나. 공연비 나누는 것 갖고 매일 싸우시고.

박정자 방 선생님, 너무 흥분하지 맙써. 다 잘해 볼라고 그러는 거니까. 우리가 일이천 원 가지고는 싸워도 큰 돈 가지고는 안 싸워마씨. 방 선생 노래 만들 때 필요한 거 닮앙 노트북 사주자고 했을 때 아무도 반대 안 해수다. (사이) 여러분, 방 선생님이 다 생각이 있어서 그런 거 같으니까. 방 선생님 말을 호끔 더 들어보고 결정합시다.

방 선생 제가 서유이 양을 공연에 합류시키려는 것은 유이 양이 해녀 여러분들의 아픔을 잘 보여줄 거라고 판단해서입니다. 그녀가 지닌 상징성 때문입니다. 상처가 있지만 그걸 딛고 살고 노래하는 모습을 저는 유이 양한테서 봤습니다. 어머니들이 저한테 그러지 않았습니까? 바다가 왜 바단지 아냐고 다 받아줘서 바다라고. 부탁드립니다.

박정자 방 선생님 말 잘 들었습니다. 생각이 다 같을 수는 없으니까, 다수결로 정하겠습니다. 거수로 하겠습니다. 찬성, 손들어 주세요.

다수결로 정하는데 찬성이 2표 더 나와 합류하는 것으로 정해진다.

방 선생 고맙습니다. 저 정말, 이 해녀합창단 사랑합니다. 정말 잘해 보겠습니다.

강영란 그래도 가이가 안 한다면 못하는 아니?

송명희 너는 노래나 잘허라게.

송명희, 강영란의 노래하는 걸 흉내낸다.

강영란 성님!

3장. 설득

미자네 가게.

방 선생이 유이를 설득하고 있다.

현미자 하라게.

유이 …….

방 선생 내가 편하게 말할게. 유이야, 같이 공연하자. 해녀 어머니들도 니가 해주길 바래.

유이, 쓰고 있던 마스크를 벗는다.

방 선생 니 상황 다 고려해서 해녀 어머니들이 결정한 거야.

현미자 그래. 니가 내 대신 내 소원 좀 풀어줘라.

유이 가게는요?

현미자 걱정 말라.

방 선생 흉터 때문에 그러는 거면 걱정하지 마. 내가 어떻게 연출적으로 처리해 볼게. 니 흉터가 왼쪽에 있으니까. (오른쪽 면만 보이게 서서) 이런 식으로 서서 공연하면…….

현미자 방 선생님 공연까지 시간이 좀 있나요?

방 선생 사 개월 정도.

현미자 유이야. 병원 알아보고 수술하자.

유이 (마스크 다시 쓰며) 됐어요. 삼촌. 어차피 수술해도 흉터 남아요.

방 선생　싫다면 할 수 없는데. 어렵게 마련한 자리야. 니가 해줬으면 좋겠다. 난 니가 좀 더 당당해지길 바라는 마음에…….

유이　선생님이 뭘 안다고 그런 말을 하세요? 선생님은 저를 이용하려고 하는 거잖아요. 사람들이 주목할 거고 그만큼 선생님은 유명해지는 거잖아요. 대통령도 보러 온다면서요?

방 선생　그게 뭐 어때서? 우리가 무슨 나쁜 짓 하는 거니? 아니잖아. 그리고 너 때문에 누군가 살아갈 힘을 얻을 수도 있는 거잖아.

현미자　경해라. 니가 공연하면 나도 너한테 갖고 있는 미안한 마음 조금은 풀릴 거 닮아.

방 선생　꼰대같이 들릴지 모르지만, 다른 사람들 시선 그런 거 중요하지 않아. 너를 이상하게 보는 사람들이 병든 거지. 그리고 너한테는 남들한테 없는 재주가 있잖아. (사이) 다른 거 필요 없고 하나만 물어보자. 너 노래하는 거 좋아?

유이　…….

방 선생　　내가 생각이 짧았나? (사이) 결정은 니가 하는 거니까, 생각해 보고 연락 줘.

사이.

유이　　저 할래요. 대신 조건이 있어요.

방 선생　　조건?

유이　　저 그냥 다른 해녀 어머니들이랑 똑같이 공연할래요.

방 선생　　그래도 되겠어?

유이　　네. 한번 해볼게요.

방 선생, 박수친다.

방 선생　　굿. 그래 우리 잘해 보자.

4장. 싸움

해녀 작업실.

해녀들, 성게를 까고 있다.

박정자	니는 회의해서 정해진 건데, 무사 자꾸 딴말을 허맨?
이진숙	연습할 때 가이 얼굴 보고 이시민 징그러운디 어떵 노래합니까? 무사 방 선생은 그 아이를 쓰는데?
강영란	방 선생 변태 아니마씨?
송명희	니 말 조심 해라.
강영란	내가 틀린 말 했수꽈? 혼자 사는 것도 이상해 마씨. 내가 며칠 전에 둘이 같이 있는 것도 봤마씨.
송명희	니 질투허냐?
강영란	미자 언니가 뇌물 쓴 거라예. 가이 노래 시키려고. 갑자기 무사 가이를 씁니까? 신입단원이랑 연습하기도 바쁜데.

현미자, 들어와 강영란의 말을 듣고 있다.

박정자	니 또 이상한 말 퍼뜨렁, 우리 방 선생 내보

내려고 하는 거 아니?

강영란 아니라게. (은밀하게) 가이가 저번에 유산한 아이도 방 선생 아이라고…….

박정자 누가 그러는데?

현미자 (테왁을 영란에게 던지며) 야 이년아. 니가 뭘 안다고 그딴 말을 해.

강영란 나도 들은 거라예.

현미자 누가 그러는데? 누가? 고라보라게. 말 못하면 확 바당에 던져 버린다.

박정자 미자야, 참아.

현미자 너 거짓말하는 버릇 아직도 못 버렸냐? 너 같은 년 때문에 우리 해녀들이 욕먹는 거. 거짓말을 안 하면 입이 근질근질해? 니 혀가 칼보다 더 무서운 거야. 니 말 때문에 우리 유이가 자살이라도 하면 니가 책임질 거야?

강영란 (소리치듯) 나가 무슨 거짓말해 마씨?

현미자 니가 하면 거짓말도 다 참말이냐? 내가 방 선생 부를까? 니가 방 선생 욕하고 다니는 거 불렁 다 말할까? 그리고 내가 무슨 뇌물을 써. 우리 가게 오난 미역 좀 줬다. 그게 뇌물이야? 전복 갖다 주면서 앞자리에 서게 해 달라고 부탁한 거 너 아니? 노래할 때마다 틀려 입만 붕어처럼 껌뻑거리면서. 내가 부심이한테 들었다. 내가 틀련?

강영란, 운다.

강영란	내가 앞에 서면 왜 안 돼마씨? 나도 앞에서 노래하고 싶다고.
이진숙	고만해라.
현미자	너도 반대했다면서, 우리 유이가 노래하는 거.
이진숙	했다. 그럼 안 되냐?
현미자	니가 더 나빠. 영란이 시켜서 이상한 소문 퍼트리고. 누가 모를 거 닮아?
이진숙	뭐라? 니가 화상 입현, 사람 바보 만들어 놓고 누구한테 지랄이야?
현미자	뭐? 지랄? 이년이!

현미자, 이진숙, 엉겨붙어 싸운다.

박정자, 송명희, 이들을 말린다.

현미자 (뿌리치며) 놔라게. 내가 가만있을 거 같아.

현미자, 방 선생한테 전화를 건다.

박정자, 전화를 뺏는다.

현미자 줍써.

박정자 (휴대폰을 주지 않으며, 이진숙과 강영란에게) 잘못 했으면 사과해라. 거짓말했으면 빌어라. 안 그러민 나도 가만히 안 있을 거라. 내가 조사 하크라. 거짓말하는 사람하고는 노래할 수는 어시난, 자격 박탈이라.

사이.

이진숙, 자기가 잡은 소라 일부를 던다.

많다고 느끼는지 몇 개를 뺀다. 그러다 다시 원래대로 덜어 현미자 앞에 놓는다.

강영란은 문어 잡은 걸 현미자 앞에 가져다 놓는다.

미자에게 전화 온다.

박정자, 휴대폰을 미자에게 준다.

현미자 아버님이 말을 하신다고요? 알았어요. 빨리 갈게요.

현미자, 자기 짐만 챙겨 나간다.

박정자 말을 한다고?

사람들, 놀라는 표정이다.

5장. 고백

요양병원.

의사 정신이 드셨다 마셨다 하시네요. 가족분들 찾아서 급하게 연락했습니다. 아버님, 괜찮으세요? 하고 싶은 말 있으면 다 하세요.

의사, 나간다.

명순과 미자가 강덕이를 쳐다보고 있다.

강덕이, 잠시 정신이 돌아와 겨우 말할 수 있는 상태다.

강덕이, 명순에게 귓속말 한다.

명순, 미자를 내보낸다.

강덕이, 마지막 유언을 말하듯이 숨을 힘겹게 쉬며 명순에게 말한다.

강덕이 (힘겹게) 힘들어서 너무 힘들어서 나가 고랐주게. 나가. (사이) 4·3 때 한라산 동굴에 숨어 있다 물을 구하러 나완 토벌대에 잡혀 고문고문 당하다 나가 죽어야 되는데 힘들어서 너무 힘들어서 나가 무장대 숨어 있는 곳 알려줬주게. 게난 그녀 오빠, 숨어 있던 무장대 다 죽었댄. 난 고라준 대가로 일본으로 강 살안, 동난 끝나고 돌아완 그녀도 죽은 지 알았는디 살아 있언 잘도 미안허언 그녀과 결혼했주게. 평생 미안한 마음으로 살았주게. (사이) 용서해 주라이. (사이) 현미자는 강미자라. 미자, 우리 며느리는 내 똘이라. 게난 내가 결혼 반대했는데 뱃속에 용석이 아 있어

어떵 못했주게. 미자 어멍이 문짝 고쳐달라
고 핸 갔다, 미자 생긴 거라.

명순, 남편의 말을 듣고 한참 멍하게 있다가 말없이 일어선다.
나가려 하다가 명순, 한마디 한다.

고명순　　어멍이 다른데 민호 어멍이 어떵 그녀 딸이
우까?

6장. 숨비소리 2

바닷가.
유이가 물질을 하고 있다.
간간이 유이의 숨비소리가 들려온다.

고명순　　자이 이제 물질 잘하네.
현미자　　그만하고 나오라게.
고명순　　자이, 아방한테 노래해 주는 거라. (사이) 니
어멍 잘도 고운 사람이어신디.

현미자	나 봅써.
고명순	아방 기억은 남시냐?
현미자	나 애기 때 배 타다 바당에서 죽어브난 어떵 기억합니까?
고명순	니 아방도 우리 서방처럼 잘생기고 목소리가 좋아 동네 여자들이 하영 좋아했다게. 나도 좋아했주게.
현미자	(웃으며) 기?
고명순	(사이) 나 소원 있는디 들어주크라?
현미자	말해 봅써.
고명순	(통장 주며) 나 죽으민 동네잔치 한번 크게 해주라이.
현미자	무사 죽는 애기를 합니까?
고명순	얼마 안 된다. 니가 갖고 있다 꼭 잔치 해주라이. 울지 말고 잔치해 주라. 마을 사람들 몬딱 모앙 도새기도 한 마리 잡고. (사이) 그리고 자이 수술도 시켜주라이.
현미자	어머니 죽으면 나도 따라 죽을 거니까. 죽는다는 애기는 더 이상 하지 맙써. (사이) 근데 비밀번호는 뭐꽈?

7장. 살인 혹은 안락사

바람이 많이 부는 그날 밤. 요양병원.

명순, 강덕이와 강용석이 나란히 누워 있는 침대 사이에 앉아 있다.

해녀 음악을 튼다. 「나는 해녀이다」.

고명순 용석아, 용석 아방, 우리 살아 있는 것도 지친 거 닮아. (사이) 용석아, 우리 처음 서울 구경 갔을 때 생각 남시냐? 경복궁 구경하고 나올 때 살구나무에 노란 살구가 하영 달려 있어 니가 아방한테 살구 따달라고 떼쓰지 않안? 니 아방 살구 딴다고 신발 한 짝 벗어 던져신디, 나무에 걸려 어떵 못하다가 그 신발 떨어뜨린다고 나머지 신발 한 짝 던져신디, 그것도 나무에 걸련 니 아방 안절부절못하던 거. 그때 용석이 너 하영 웃었다게. (사이) 용석 아방. 우리 용석이 여섯 살 때 기억 남수꽈? 우리 앞 바당 여에 외국 배 걸려부난 배에 실은 짐 다 바당에 던져 버리고 빠져나간 거. 그때 파도에 실려온 양주, 포도주, 통조림 깡통, 하영 주워왕 동네 사람들이 우리집 방이며 마루며 마당에 모여 앉아 술 마시며 놀았주게. 몇날 며칠을 마씨. 우리 용석이 포도주 먹고 취핸 얼굴 빨게 비틀비틀 걷도 못하는데 사람들 깔깔 웃고, 월남 갔다 외팔이 된 순자 아방 춤추멍 웃고, 대머리 길수 아방 미역 주서왕 머리에 쓰고 노래하고…… 잘도 재밌어주게. 그때 용석아방 포도주 마시고 우리 둘째 선미 들어선, 게난 선미 보고 니네 아방 포도주라 해신디. 그때 가난하여 다 먹을 것도 없어신디 동네가 다 행복했던 거 닮아. 그런 잔치 한 번 더 그녀과 하고 싶은데, 이제 이승에서는 안 될 거 닮아. 우리 저쪽에서 만나 또 잔치 허게 마씨.

일어나 똥 기저귀 갈 때처럼 커튼을 친다.

베개로 강덕이, 강용석의 얼굴을 누른다.

음악 소리 커진다.

8장. 초혼

세 명의 영정이 바닷가 해신당에 모셔져 있다.

서 심방이 초혼굿을 한다.

현미자와 유족들, 오열한다.

9장. 잔치

마을, 체육관.

마을 잔치가 한창이다.

브라스밴드가 공연한다.

승원이 인형 탈을 쓰고 아이들과 놀고 있다.

사회자 공연 잘 봤습니다. 참고로 오늘 마을잔치 비용은 어촌계하고 미자네 현미자 어머니께서 내주셨습니다. 다음은 마을 분들 나오셔서 노래 부르는 시간입니다. 먼저 우리 현미자 어머니!

현미자 마을분들 저의 집 초상 치른다고 고생 많았

수다. 많이 먹고 잘 놀다 갑써. 그리고 오늘 잔치 비용은 내가 낸 게 아니라 저기 호박만 한 인형 쓴 우리 이 서방이 낸 거우다. 박수 좀 쳐줍써.

사람들, 박수치면서 좋아한다.

인형탈 쓴 승원이 머리 위로 손을 올려 하트 모양을 만들어 보인다.

강영란, 무대로 올라간다.

현미자 무사?

강영란 (마이크를 잡고) 나가 할 말이 있어 나왔주게. 나가 마씨 우리 합창단 방 선생을 짝사랑 해브난 막 이상한 소문 퍼뜨리고 다녔수다예. 저 때문에 상처받은 사람들한테 이 자리를 빌려 용서를 빌쿠다. 방 선생님, 미안합니다. 우리 이번 공연 멋지게 해요. 방 선생님, 사랑해요.

강영란, 무대에서 뛰어내려간다.

송명희 자이 봐라. 방 선생 내 거라.

사람들, 웃는다.

현미자 영란아, 너는 솔직하지 못한 게 죄라. 그럼, 노래하겠습니다. 나가 합창단 들어가려고 준비했던 노래라예.

현미자, 신나는 노래 부른다.

"근심을 내려놓고 다 함께 차차차"

마을 사람들, 나와서 춤춘다.

이진숙, 강영란도 춤춘다.

따따이도, 초대받은 누팜도 나와서 춤춘다.

경찰 1도 나와서 춤춘다.

유이도 나와서 춤춘다.

방 선생도 춤을 춘다.

10장. 나는 해녀이다

한 달 후.

볕 좋은 날 평상.

미자, 유이 무릎을 베고 누워 있다.

유이, 화상 흉터 수술을 했다.

유이가 미자의 귀지를 파준다.

현미자　　수술한 데는 괜찮으냐?

유이　　어색해요.

현미자　　몰기름을 꾸준히 바르라이. (사이) 이 서방은?

유이　　돈 벌러 간 마씨. 부르는 데가 많아서마씨.

현미자　　사투리 쓰지 말라이.

유이　　무사?

현미자　　니 사투리 쓰는 거 들으민 오줌 마렵다. 막 이상하다이.

유이　　알았어요. 삼춘.

현미자　　유이야. 이제 삼춘이라고 하잰 마라.

유이　　그럼, 뭐라고 해요?

현미자　　어멍!

유이 (사이) 어-멍.

현미자 (사이) 미안하다.

유이 …….

유이 고마워요.

현미자 ……공연 며칠 안 남았지?

유이 네.

현미자 나도 다음번엔 꼭 합창단 들어갈 거라…….

미자가 먼저 노래한다. 「나는 해녀이다」. 유이가 따라한다.

미자의 틀리는 노래와 유이의 노래가 묘한 조화를 이룬다.

둘의 노래는 합창단 공연의 노래로 이어진다. 오버랩.

중간 간주 부분 지나서 여성 3중창이 진행된다.

나는 해녀이다[1]

물결이 일렁이네

추억이 일렁이네

---

1 방승철 작사/작곡, 「나는 해녀이다」.

소녀가 춤을 추네

꽃다운 나이였지

어느 날 저 바다는 엄마가 되었다네

내 눈물도 내 웃음도 모두가 품어줬지

나는 바다다 나는 엄마다

나는 소녀이다 나는 해녀다

저 멀리서 파도소리가 밀려온다.

끝.

나는 해녀이다

1판 1쇄 발행 2023년 12월 30일

지은이 | 김태웅

펴낸이 | 조영남

펴낸곳 | 알렙

출판등록 | 2009년 11월 19일 제313-2010-132호

주소 | 경기도 고양시 일산서구 중앙로 1455 대우시티프라자 715호

전자우편 | alephbook@naver.com

전화 | 031-913-2018

팩스 | 031-913-2019

ISBN 979-11-89333-73-7 03810

*책값은 뒤표지에 있습니다.

*잘못된 책은 바꾸어 드립니다.